Kadokawa Fantastic Novels

# 讓笨蛋登上舞台吧！1 最美好的名配角

為美好的世界獻上祝福！EXTRA

CONTENTS

「你說誰是沒用女神啊！」
「看來只要有汝等在，吾就無需擔心沒有負面情感呢。」
巴尼爾
「咦？原來你是那樣看待我的啊。」
達克妮絲
「看來你是個懂得爆裂魔法有多棒的厲害人物呢。」
惠惠

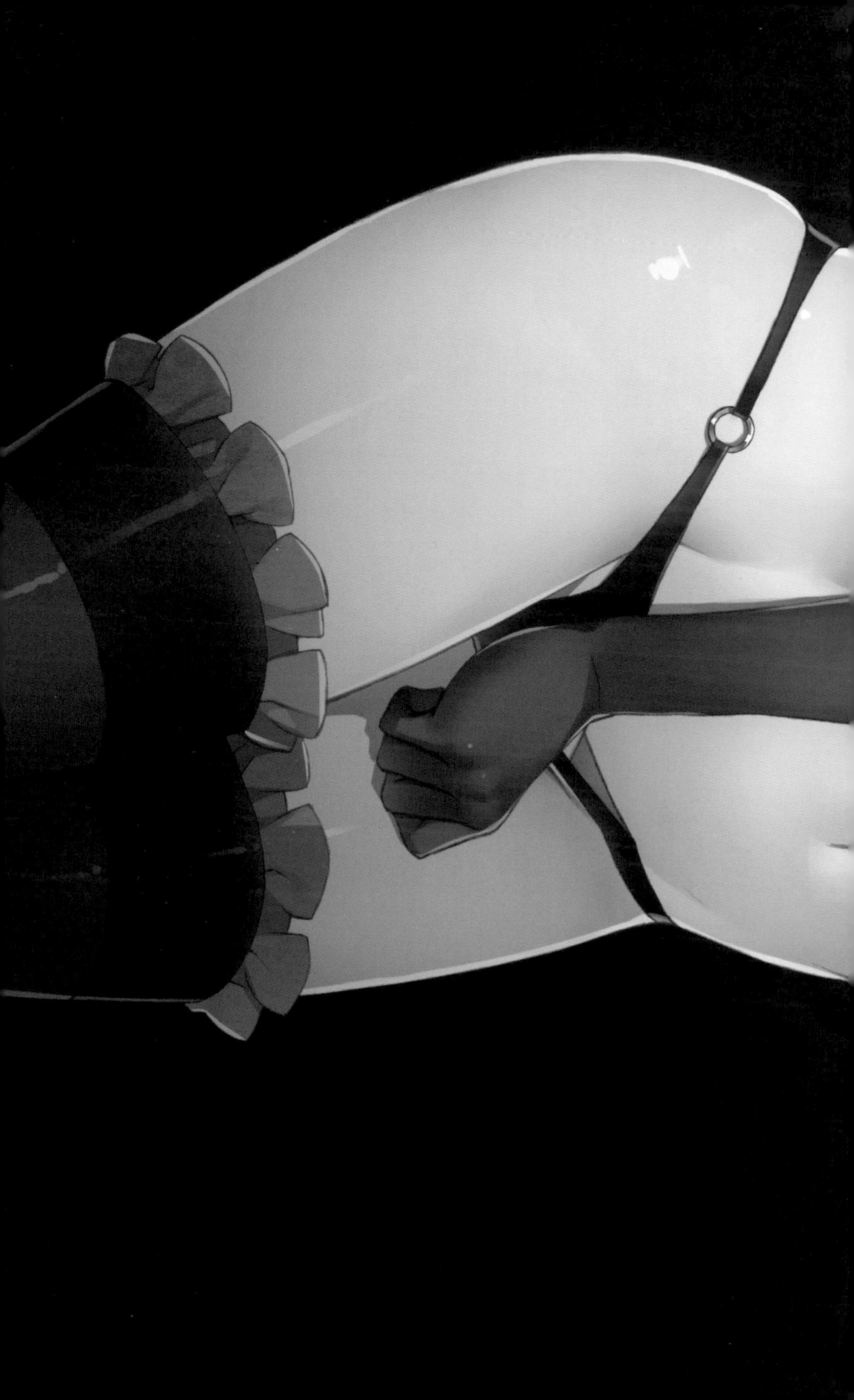

讓笨蛋登上舞台吧！
1
為美好的世界獻上祝福！
EXTRA
最美好的名配角
author
昼熊
Illustration
憂姫はぐれ
原作 暁 なつめ
角色原案 三嶋くろね
Kadokawa Fantastic Novels

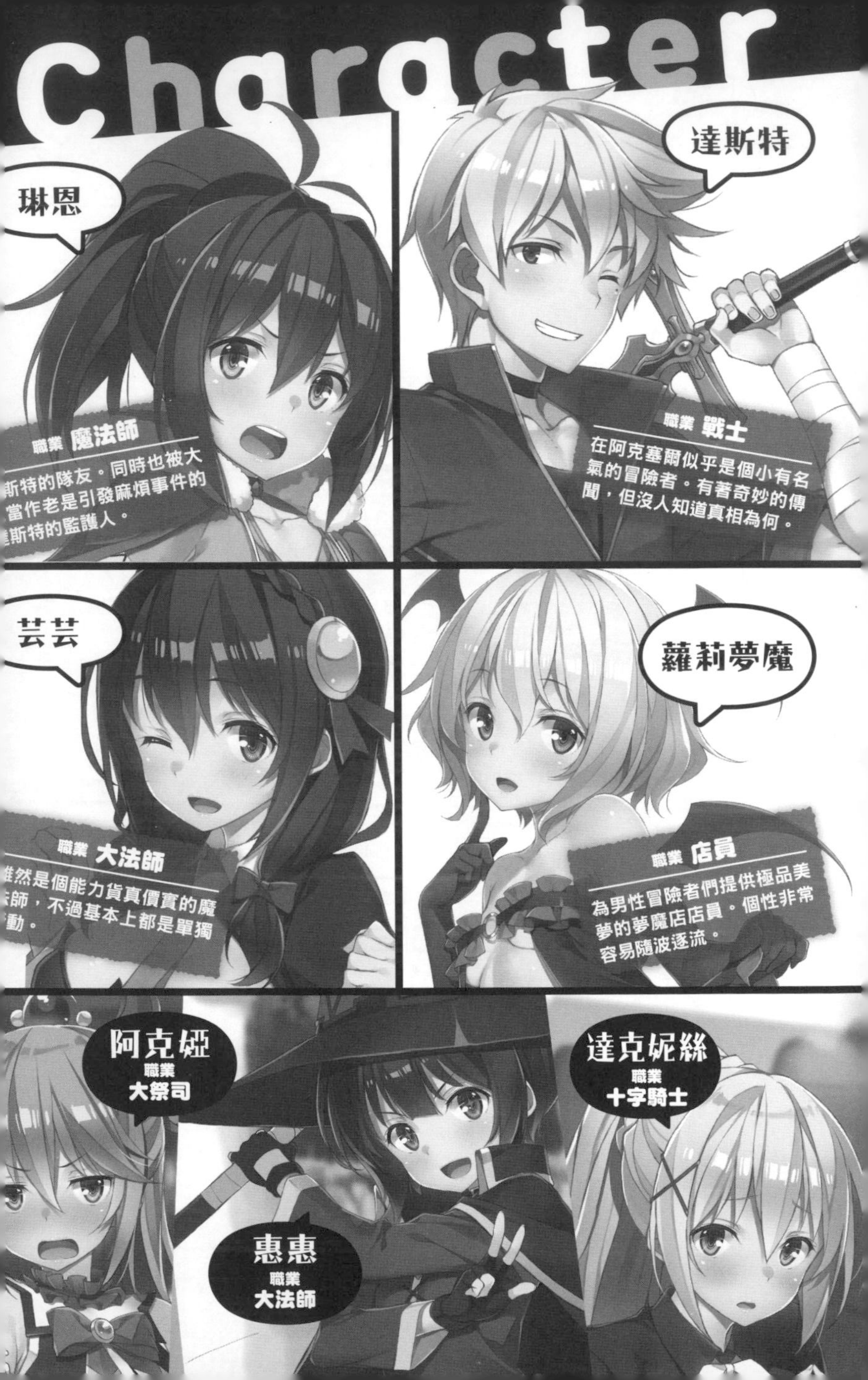
Character
琳恩
職業 魔法師
斯特的隊友。同時也被大
當作老是引發麻煩事件的
斯特的監護人。
達斯特
職業 戰士
在阿克塞爾似乎是個小有名
氣的冒險者。有著奇妙的傳
聞，但沒人知道真相為何。
芸芸
職業 大法師
然是個能力貨真價實的魔
師，不過基本上都是單獨
動。
蘿莉夢魔
職業 店員
為男性冒險者們提供極品美
夢的夢魔店店員。個性非常
容易隨波逐流。
阿克婭
職業
大祭司
達克妮絲
職業
十字騎士
惠惠
職業
大法師

# 序章

「聽好了，和真。你作為冒險者還不夠成熟，就算運氣好打敗魔王軍的幹部，也不能因此得意忘形。這你應該懂吧？」

坐在冒險者公會酒吧的角落，我正在向新人冒險者——這個名為和真的男人講述一介冒險者的心得。

這傢伙明明還是新人，卻跟夥伴一同打倒魔王軍幹部的無頭騎士，是備受期待的新人。

雖然先前跟他起過衝突……不過那只是年少輕狂所犯下的錯誤，現在我們已經能相處得如此融洽了。

「我會這樣講可不是因為討厭你喔，這是身為摯友的忠告。絕對不是看到你坐擁後宮才覺得嫉妒，你應該可以理解這點吧？」

我絕非器量如此狹小的男人，必須好好強調這點才行。

「我懂你要說什麼，達斯特。但我們不是摯友，只不過是認識而已。」

「喂喂，別那麼見外嘛，我跟你可是曾在昏暗的個人房共度過一晚耶。」

「不要用那種會讓人誤會的講法！那是牢房吧！」

「但這麼說也沒錯啊。」

我們明明就在牢房裡熱烈地交流過。

印象中，和真當時是因為炸燬了垃圾領主的宅邸，而遭到逮捕是吧？

「我也有親眼看見喔！你們那時的確一起待在個人房裡！」

「妳不要挑最麻煩的時機出現啦，這個沒用女神！」

那位從旁插嘴的女性，是有著清澈水藍色頭髮的美女。

她的外表真的很美。但也只有外表就是了。

「你說誰是沒用女神啊！我可是阿克西斯教徒們所信奉的女神阿克婭喔！」

「那是妳的腦內設定。」

「真是可憐。」

這傢伙是由於有著相同的名字就深信自己是女神，一個可憐的祭司。

這個「我可是女神」算是她獨特的哏吧，不過每次都讓人笑不出來。

真要說起來，光是身為世間評價成只會添亂的阿克西斯教徒就已經很有問題了，一般來說不會特地自稱是該教團的女神吧。

我曾遇過阿克西斯教徒，但盡是些不聽別人說話的傢伙。說真的，我不想跟他們有太多牽扯。

夥伴們也說過想找祭司加入隊伍，但只要一聽到對方是阿克西斯教徒就會打退堂鼓。那群人就是如此危險。

「吶，為什麼大家都不願意相信我就是女神呢？」

「我說啊，這位祭司小姐。所謂神明是那種在天上守護人們的存在吧？應該也有很多事情等著祂們去處理，根本不會有那個閒情逸致降臨到這個世界當冒險者吧？身為神明如果做出這種事情，那根本就是怠忽職守。」

「咳咳、咳咳！」

「克莉絲，妳怎麼了？為什麼會突然咳了起來？難道說……這是硬把水擠進氣管裡的新玩法嗎！」

「她又不是妳，達克妮絲。」

坐在附近位子上的短髮平胸女盜賊突然嗆到，而和真的夥伴——十字騎士達克妮絲，則似乎正在關心（？）她。

在一旁邊吃炸雞邊吐嘈的，則是腦袋有問題的爆裂女孩。雖然她看似受不了達克妮絲的言行，不過自己也一樣病得不輕。

我記得她的名字是惠惠吧……紅魔族為什麼盡是取些奇怪的名字啊？

「女神也是會遇上各種狀況啊！例如硬是被某個家裡蹲帶來這種地方！」

「阿克婭，不可能有這種事啦。身為女神大人卻受到與物品同等的待遇，甚至因此墜落到這個世界上……這怎麼可能會發生呢？」

露出溫柔微笑將手放在阿克婭肩膀上的和真，以及被達克妮絲從背後架住，哭著正要動手揍向和真的阿克婭。

身為祭司，在聽到女神被拿來開玩笑時，果然還是會生氣呢。

被夥伴們安撫的祭司，以及繼續激怒對方的和真。

看他們這樣吵吵鬧鬧真的很有意思啊。真是的，這群人正是最適合新手冒險者城鎮阿克塞爾的新人了。

趁著這群人在一旁吵得不可開交，從早上就什麼都沒吃的我找來店員隨意點了些餐點。

當然，是由和真出錢。

# 第一章 那段故事的另一側

## 1

這酒真是難喝。

雖然我跟平常一樣在冒險者公會與夥伴們把酒言歡，但我的心情從剛剛就差到不行。

「咦？沙拉裡面沒有番茄耶，我明明那麼喜歡番茄……怎麼了？你為什麼要皺著眉頭啊？原本就長得不太好看了，擺出這個表情只會讓你看起來像個小混混喔。」

我們隊上唯一的女性琳恩停下翻攪沙拉的手，露出傻眼的表情看向我。

她身上披著藍色斗篷，一頭紅髮在後腦勺紮成馬尾，臉上還殘存著些許稚氣。每當我看著琳恩時總會覺得……不，現在先不管這個。

「妳說誰是小混混啊！嘖，我只是覺得自從那些傢伙來了之後，這座城鎮待起來的感覺就變差了。」

「你說的『那些傢伙』是指那群新人冒險者嗎？」

即使人在酒吧依舊身穿鎧甲的泰勒豎起拇指，朝後方比了兩下。

在他指尖前方是個頗為軟弱的黑髮男性，帶著三個好女人……真是令人火大的傢伙。

隊伍中跟我最合拍的弓手奇斯似乎也很在意，只見他嘴裡叼著活跳跳的小黃瓜回頭望去。

「他們應該就是在與魔王軍幹部貝爾迪亞戰鬥時最活躍的那群人吧。」

「似乎是這樣。因為我太晚到現場了，所以不清楚詳細情況。」

因為正好有別的事情，讓我無法從頭參與那場戰鬥，但還是聽說了他們活躍的事蹟。

「那一位不但挺身承受魔王軍幹部的攻擊，面容也沒有因疼痛而變得扭曲，甚至還對大家展露了笑容，完全就是十字騎士的榜樣。」

同樣身為十字騎士的泰勒大概有著相當的感觸吧，只見他的眼神中充滿了尊敬。

「那個紅魔族的女孩也是，那道魔法的威力實在太強大了！我充分見識到她作為魔法師的水平跟我完全是不同等級。」

「那位水藍色頭髮的大祭司所使出的水攻也是壓倒性強大呢。」

奇斯正用色瞇瞇的視線盯著那個大祭司的屁股瞧。

那位水藍色頭髮，雙手握著扇子不知道在做什麼的女人，雖然身為人人忌諱的阿克西斯教大祭司這點是有些美中不足，但只要能夠忍受這個部分，她就是個頂級的美女。

而在這三個人的圍繞下尋找工作的則是一名不起眼的男子。我最看不慣的，就是明明擁有實力堅強的夥伴們，卻只會找些搬運行李之類工作的這個愚蠢男人。

「真要說起來，他竟然完全沒有來跟掌管新手冒險者城鎮阿克塞爾的我打招呼，這實在讓人無法接受！」

「你說是誰在掌管城鎮啊？別說掌管了，你根本是給城鎮添麻煩的存在吧。」

泰勒一臉傻眼地開口吐嘈，但我沒要搭理他。

奇斯跟琳恩似乎也想說些什麼，但是我可不會跟他們對上眼。

「所有隊友都是優秀的上級職業，還都是好女人，偏偏擁有這個後宮的卻是最弱職業的冒險者！多麼令人羨慕的輕鬆人生啊！」

為了讓那傢伙能聽見，我刻意加大音量如此說道。

接著壓抑著怒氣看向這裡的那個傢伙——

## 2

太棒啦啊啊啊！那個笨蛋竟然答應跟我交換隊員耶！

能刺激那個名為和真的最弱職業冒險者講出對我有利的氣話真是太好了。

雖說那傢伙在交換隊員時竟然面露喜色讓我有些在意，但那應該只是在逞強吧。

我想，他肯定是因為怒上心頭就忍不住說錯話，又因為自尊心作祟而無法開口反悔吧。如果不是這個原因，他才不可能會願意跟我交換這種一流的夥伴。

在冒險者公會的酒吧跟和真吵了一架後，他竟然非常乾脆就答應跟我交換隊伍成員。

那傢伙該不會真的是個蠢蛋吧？即使只是暫時的，他居然願意放棄這些上等的女人們。

她們不但都是上級職業，還全都是美女。即使其中一個的身體還在成長中有點可惜，但趁現在先把她弄到手也沒有損失。

雖然跟和真約好只交換一天，但只要我在這三人面前好好表現，就有機會代替和真成為小隊隊員……不，這樣不行，我可不能離開琳恩，不然邀請她們加入我們小隊應該也行。

「吶，雖然剛剛是說要去消滅哥布林，但要不要去打倒更強的敵人啊？例如龍之類的！如果是由我們出手，肯定能輕鬆解決吧。」

這傢伙在說什麼啊？在公會時她也提過一樣的事，她腦袋的螺絲該不會真的鬆掉了吧？從她充滿自信地抬頭挺胸說出這段話的模樣看來，這個人應該是對自身實力有著相當的自信。

我記得這位個性強勢的水藍色頭髮大祭司好像叫阿克婭。

「這真是好主意！我一直想試著承受一次龍的吐息！全身沐浴在那灼熱的氣息之中，被烤得微焦……真是太棒了！」

這個十字騎士是認真的嗎？就算是上級職業，要是正面挨上龍的吐息別說被烤焦了，根本就直達另一個世界了吧，還說什麼要承受下來，這傢伙到底是……

「呃，我剛剛也說過了，妳為什麼不帶武器……甚至連鎧甲都沒穿啊？」

「我不是也回答過了嗎？就算帶了武器也砍不中，而且我的鎧甲在跟魔王軍幹部的激戰中壞掉了。」

「……雖然我實在是不想讓步，但就算退個一百步先不提武器……沒穿鎧甲的前鋒相當危險吧。」

「放心吧，孱弱的攻擊根本無法對我造成傷害！而且如果是跟哥布林戰鬥，沒穿鎧甲反而還比較省事！」

省事……省什麼事啊？

這傢伙為什麼會雙眼濕潤、臉頰泛紅，就連呼吸也變得粗重？應該只是因為戰鬥前情緒顯得高昂對吧……只是這樣對吧……？

畢竟她能夠承受魔王軍幹部的攻擊，面對哥布林這點程度的敵人，即使沒穿鎧甲也不會有問題……就當成是這樣吧。

「要去討伐龍嗎，我贊成。龍那身用來守護自己的堅固鱗片，就靠我的爆裂魔法粉碎給你們看吧！」

這個甩動斗篷並高舉魔杖的小女孩，是紅魔族的大法師。

所謂紅魔族，是以龐大的魔力及奇怪的命名品味聞名的一族。我記得她的名字是惠惠……

從這個搞笑的名字判斷，她肯定是紅魔族。

「不、不是啦，我先前也說過了，如果是妳們或許真的能打贏，但我的能力還不足以挑戰龍，所以很抱歉，能請妳們接受驅除哥布林的任務嗎？」

而且……我實在不想跟龍戰鬥，可以的話絕對要避免這種事。

「這樣就沒辦法了～我原本是想打倒強大的魔物讓和真好好見識一下，但也只好特別配合你的實力了，你要好好感謝我喔。」

「說的也是。雖然我也想改變和真對我們的看法呢。」

「算了，就先這樣好了。之後再找機會成為屠龍者吧。」

從這股完全不覺得自己會敗北的自信看來，她們果然都擁有相當的實力。無論怎麼想，這三個人都是最弱職業的冒險者配不上的隊員。

「我說啊，為什麼妳們會跟那個最弱職業的傢伙組隊呢？妳們身為上級職業，想找隊員的話根本可以任君挑選吧。」

「呃，那是因為……我沒辦法放著那個家裡蹲不管啊！」

「沒、沒錯，絕對不是因為被其他冒險者拒絕，完全沒有隊伍願意讓我加入喔！」

「是、是啊。不是因為組隊過一次的人哭喊著『拜託饒了我吧』並拒絕我喔，絕對不是。只是因為聽說有位個性極度惡劣的冒險者在虐待兩名柔弱女性，才會想說務必讓我加入……好就近監視，別讓他做出傻事罷了。」

「哦～～嗯，說的也是，這樣我就能理解妳們為何要跟人渣組隊了。」

畢竟無論再怎麼想，最格格不入的就只有最弱職業的和真了。

但如果是因為憐憫及監視，那就能夠理解。

「沒錯，明明是我們比較厲害，根本不該聽從那個區區家裡蹲自以為是地下的命令啊！他應該要更尊敬、更寵我們才對！」

「就是說啊，我也覺得他應該要再更重視我們一點才對！」

「和真就是太小看我們了。要趁這次機會讓他知道我們有多重要。」

在看見她們憤恨不平的模樣後，我開始覺得可以挖角到她們。

今天就讓她們見識見識我帥氣的一面吧。啊，對了，有件事情得先跟她們確認才行。

「這麼說來，可以讓我確認一下妳們的技能嗎？姑且先稍微了解一下會比較好吧。」

「我會使用宴會才藝技能以及大祭司的所有技能，最拿手的是花鳥風月。」

「宴會才藝……是、是嗎……能使用大祭司的所有技能還真是厲害！」

即使學會大祭司所有的技能，也還有剩餘點數能拿去學宴會才藝啊……她可能是超越我想像的逸才呢。

「吾乃惠惠！職業乃大法師，使用的乃是最強攻擊魔法，爆裂魔法！」

「喔、喔喔。我已經聽過妳的名字了，不過妳能使用爆裂魔法啊！這也太厲害了！」

她應該跟名叫阿克婭的大祭司一樣，先取得某種程度的魔法後才學習爆裂魔法吧。這麼一來，她肯定擁有相當的實力。

不可能會有那種完全不學其他魔法，就選擇先習得爆裂魔法的笨蛋吧。

畢竟能一口氣清光魔王軍幹部所召喚出來的部下，那股威力根本不容置疑。這時候應該要捧她一下讓她高興吧。

「竟然可以跟能使用爆裂魔法的魔法師組隊，這實在太棒了！之後我一定要跟夥伴們好好炫耀一番！」

「看來你是個懂得爆裂魔法有多棒的厲害人物呢。已經離城鎮夠遠了，即使在這裡使用也不會挨罵，就讓你見識一下吾之魔法吧！」

「咦？」

這個人……到底是在說什麼啊？如果在這種毫無遮蔽可言的平原上投下爆裂魔法，魔物們將會被爆炸聲吸引過來耶。她是在開玩笑的吧？

正當我面露苦笑時，眼前卻出現了往魔杖前端聚集的龐大魔力。

有如火花般的東西四處飛散，這股刺膚的壓迫感……她是認真的？

「喂，等等！快住——」

「『Explosion』！」

我的制止被惠惠施放的魔法、暴風以及爆焰，還有爆炸聲覆蓋過去……唔喔喔喔喔！

「啊啊啊啊！快、快趴下啊啊啊啊！」

為了盡量降低往這裡襲擊而來的暴風所帶來的影響，我臥倒在地。然而那名十字騎士卻若無其事地站在原地。

大祭司則是雙手抱膝坐在十字騎士身後打著呵欠。

這未免太奇怪了吧！在場的竟然只有我感到害怕……這群人到底是怎麼回事啊？

我在暴風止歇後戰戰兢兢地起身，就看到平原上形成一個巨大的窪地。

「真的假的……我從來沒看過這種威力的魔法……」

「吾之爆裂魔法的威力如何？」

我看向用驕傲的語氣發問的大法師……卻發現她趴倒在地面上。

「喂，妳為什麼躺在地上？」

「因為我的魔力用光了……」

「啥啊啊啊啊啊！咦？妳只使出一次魔法就用盡魔力了嗎？開什麼玩笑啊！」

一發爆裂魔法就會用盡魔力的魔法師根本毫無價值可言！

「為什麼明明沒有敵人妳卻擊出魔法？我完全無法理解耶！」

「爆裂魔法本來就是在情緒高漲時施展的東西啊，外行人就是這樣才令人困擾。」

「別慌張，這是常有的事。」

「竟然說我是外行人！隊伍的魔法師就這樣變成廢物了耶，妳們也慌張一下吧——！」

「一一計較已經過去的事情可是會禿頭喔。啊，快看快看，遠方有某些東西正在往這邊跑過來了喔。」

這群人為什麼還能這麼悠哉啊！

啊啊，夠了，不要拉我的衣服，妳是小孩子嗎？反正朝這邊跑過來的肯定是聽見爆炸聲的冒險者或衛兵吧。

「看起來好像是有著黑色毛皮用四腳行走的野獸……那完全就是充滿野性的獸行呢。」

「黑色野獸？」

完全只有不祥的預感耶。於是我瞇起眼睛凝視前方。

那是全身覆蓋著黑色毛皮的貓科野獸，嘴邊還露出兩顆巨大的獠牙……咦？喂喂！

「那不是初學者殺手嗎！快、快快、快逃啊！」

牠應該是被爆炸聲吸引過來的吧！在帶著累贅的情況下戰鬥會有危險！

就在我揹起氣力用盡，完全派不上用場的魔法師準備逃跑時——

「那就是初學者殺手嗎！我一直想跟牠較量一次看看耶！你的劍借我一下！」

「喂，等等！那是我重要的——」

十字騎士奪走了我的劍之後就朝敵人飛奔而去，那個笨蛋到底在想什麼！

初學者殺手是會將哥布林或狗頭人那種弱小怪當成誘餌，然後反過來狩獵人類的，既狡猾危險度又高的魔物。以這個充滿上級職業的隊伍來說，原本應該是打得贏的對手……但從她們目前的言行來看，我只有不祥的預感。

「上啊！達克妮絲，這時就是要給牠一拳！」

「吃我一刀！」

不要跟著起鬨啊！這個該死的祭司！而且比起聲援，好歹也放個支援魔法吧！

毫不猶豫衝上前揮劍的十字騎士的攻擊完全落空。

並不是初學者殺手躲開了攻擊，而是那傢伙自己朝空無一物的地方揮下長劍。雖然她立刻舉劍再次揮出攻擊……但還是豪邁地揮空。

「喂，那是怎樣……」

我問了問背上的爆裂女孩後，得到了相當確切的答案——

「先前不就說過了，達克妮絲在防禦上堅若磐石，但她的攻擊絕對無法命中敵人。」

所以她才會說不需要帶武器嗎！

攻擊打不中敵人的十字騎士……對著沒敵人的平原發了一記魔法就變成廢物的爆裂女孩。

……現在就絕望還太早了！那名大祭司應該有著貨真價實的能力。我必須藉助她的支援魔法之力，在十字騎士被打倒前做些什麼才行！

「這還真是相當刁鑽的攻擊呢！」

咦……那個十字騎士明明沒有穿鎧甲，卻可以承受初學者殺手的攻擊？

光是衣服變得破破爛爛，本人卻神采奕奕這點就已經夠奇怪了，她的表情看起來還相當高興，更是讓我難以理解……應該說我不想理解。

而且她還把我的劍丟在一旁，徒手跟初學者殺手打了起來。

「這傢伙打算就這樣把我壓倒在地上，對我發洩牠的獸慾嗎！被非人的野獸蹂躪我細緻的肌膚……唔唔唔唔！」

能若無其事承受那種攻擊，算是哪門子的細緻肌膚啊？

雖然初學者殺手正咬住扭動身子的達克妮絲的肩膀，不過應該是我的錯覺吧，總覺得牠似乎面露怯色。

……但就算真是我的錯覺好了，那位十字騎士明明被咬住肩膀，卻沒有露出絲毫痛苦的神情究竟是怎麼回事？究竟為什麼還能露出那樣燦爛的笑容啊！

到了這一刻我終於懂了，總算明白了。這群人……根本不正常！全都是些腦袋有問題的傢伙！和真當時會擺出強迫推銷的態度，積極接受我的交涉的原因，我完～全可以理解了！

「快流著口水，越發激烈地咬我吧！接著將我的衣服全都撕碎，一點一點將試圖抵抗的我逼入絕境，再將一柱擎天的……這真是太棒了！呼啊啊啊啊啊！」

十字騎士在發出奇怪叫聲後翻起白眼昏厥過去。雖然我警戒著初學者殺手會不會就此痛下殺手，但牠卻是鬆口向後退開。

那個初學者殺手竟然……？牠是被那股難以言喻的氣魄及異常的狀況嚇到了嗎？

先、先不要管理由了，敵人退卻的現在正是我們的好機會！

「妳們幾個，要逃走嘍！」

「別開玩笑了，如果能打倒初學者殺手，和真不但會對我們改觀，到時候不管要他請兩杯，甚至十杯唰唰他都會跪著乖乖照辦！吃下女神的這一擊吧，神光拳！」

「妳瘋了嗎！為什麼要在這個時間點跑去攻擊啊！」

在大祭司的拳頭打中目標前，她就因為踩到初學者殺手先前咬著十字騎士時所流下的唾液向前滑倒。

由於架勢完全垮掉，使得水藍色頭髮的腦袋就這樣滑到初學者殺手面前，而牠也毫不猶豫地咬了下去。

「啊啊啊啊啊啊！被咬住了，我會被吃掉啊啊～～！」

大祭司明明被狠狠咬住腦袋卻顯得相當從容。是因為初學者殺手剛剛在咬堅硬的十字騎士時咬過頭，使得牠下顎的力道減弱了嗎？

「快點放開我啦！想要美味地享用女神，可是會遭天譴喔！那個，再這樣下去真的不太妙，所以說……拜託誰來救救我啊！和真先生！」

她看起來似乎還能忍受，但也不能就這樣丟著不管。

我將背上的爆裂女孩以臉部朝下的姿勢丟在地上，接著撿起她拿在手上的魔杖。

「這樣我不就什麼都看不見了嗎！至少把我的頭朝向那裡吧。」

雖然她對於腳朝向這邊的狀態頗有微詞，但我完全是故意的。

十字騎士昏厥中，吵吵鬧鬧的祭司正抓著敵人的下顎掙扎沒有看向這裡。

「如果是用魔杖應該就不算數吧。」

我壓低重心輕輕揮幾下魔杖做確認。雖然跟長槍不同，但如果是面對初學者殺手應該不會有問題！

總算趕跑初學者殺手後，我揹起動彈不得的魔法師，設法安撫泣不成聲的祭司，並讓她揹起翻白眼昏厥中的十字騎士……費了好一番功夫才總算回到公會。

到底是誰講出後宮這種話啊……如果能回到那個時候，我真想盡全力對自己揮下一記加上助跑的拳頭！

好累，身心都殘破不堪了……這可是我人生中第一次因為冒險累成這樣耶。

那些傢伙還沒回來嗎？等他們回來之後，我有一件非做不可的事情。

「——今天有種經歷了一場大冒險的感覺呢！」

我聽見琳恩高興的聲音從門扉的另一側傳來。

相較之下我們卻是這副慘狀。

「嗚嗚……抽噎……」

動彈不得的兩人再加上啜泣聲。

等那傢伙把門打開……我就要為了自己的失敬向他道歉，並求他把夥伴還給我！

為了達成這點無論要我下跪還是怎樣都無所謂！

# 第二章

# 為你獻上那柄魔劍

## 1

我的名字是達斯特。

是在新手冒險者城鎮阿克塞爾中……類似掌管整個城鎮的存在。

雖然今天看起來也像是漫無目的地在城鎮中閒晃，但我其實是為了維持城鎮治安，而在四處巡邏。

「你好啊，今天過得如何？」

像這樣爽朗地跟居民們對話也是非常重要的事。

為了讓大家從平時就對我抱持親切感，我都會主動搭話。身為這座城鎮的代表，這可以說是理所當然的義務。

「呃，是達斯特喔。拿來撒的鹽巴放在哪裡啊？今天可沒有賣剩的東西！重點是你先前的欠款呢？」

雜貨店的老闆一看到我就露出厭惡的表情開始找碴。

「喂喂，那只是我免費接收了瑕疵品好嗎，不如說我還想跟你收東西壞掉的補償耶！真要講起來東西壞掉時的碎片可是讓我受了傷，你還要給我治療費吧？另外心靈受到傷害的精神賠償也順便……不要用全力朝我身上撒鹽啦！」

大叔老闆毫不留情地一把抓起鹽巴往我身上砸。

這個傢伙，不要浪費食物啊！

「呸呸！可惡，鹽巴跑進鼻子裡了！」

「反正你這個窮光蛋也沒辦法好好吃飯吧？能攝取珍貴的鹽分不是很好嗎！而且你還敢跟我提賠償？我明明就提醒過那個已經壞掉了，到底是誰強行把東西拿走的啊？」

「啊～～我不記得了～～你有能證明自己那樣說過的證據嗎？啊啊啊？如果你有證據我可以立刻向你道歉喔！但是如果沒有證據我就絕對不會道歉！」

大叔在我的威脅下向後退了一步。

哼，想向我這個高超冒險者達斯特大爺找碴，你還早了十年啦。

「喂，如果你想賠不是就把該給的東西拿出來啊！如果沒有要給，就把至今為止的欠款一筆勾銷啊！無論你選哪一種我都無所謂！咳噗！」

就在我確定將贏得勝利的瞬間，雙眼突然冒出了金星。

由於頭頂突然傳來強烈劇痛，害我慌忙回過頭，接著就看到琳恩正皺起眉頭瞪著我。

「妳幹嘛啦！很痛耶！」

「還敢問我！你是那種不到處給人添麻煩就活不下去的存在嗎？不跟人嗆聲就會死嗎？給別人添麻煩是你的興趣嗎？」

「我只是在對他述說為人之道而已。」

「啥？這種話輪得到偏離正途迷失正軌的達斯特來說嗎？這比阿克西斯教徒說不要給人添麻煩還缺乏說服力耶。如果是跟冒險者起衝突也就算了，你可以不要給市民們添麻煩嗎？啊啊──真是的，全身都是酒臭味，你又從大白天就開始喝酒了吧。」

「哼，要是不喝誰受得了啊。那時候本來應該要來個三才對，那傢伙肯定是出老千啦。」

光是回想起來就讓人火大。今天原本預計要在平常光顧的賭場靠我精心準備的老千戰術取勝，所以把所有家產都帶去了。

因為實在太不爽，忍不住順勢推了對方一把就被禁止出入，現在還落得這個下場。

「你有好好洗澡嗎？竟然全身上下都是頭皮屑，你不要靠近我喔。」

「這是鹽巴啦，鹽巴！」

「哪有把鹽巴撒到頭上的笨蛋啊？」

雖然我惡狠狠地瞪向大叔，他卻擺出事不關己的態度。

……這位大叔還真有種啊。

「小琳，妳真是幫了我大忙。如果可以順便帶這個小混混去冒險，然後讓他變成魔物的飼料就更好了。現在的他有著剛剛好的鹽味，魔物們應該也會很高興吧。」

「真是不好意思，雖然我們也想出去冒險，但是魔王軍幹部似乎搬進了附近的古城，公會因此提出警告，導致我們無法外出冒險。」

「所以這幾天街上的冒險者才會這麼多啊，這可真是麻煩。」

「幹部什麼的跑來這種新手冒險者城鎮做什麼啊，可以學會什麼叫察言觀色嗎？就是因為這樣，才會在魔王軍那種陰沉沉的地方工作啦。算了，等幹部真的攻打過來，就由我達斯特大爺出面解決吧！」

我舉起拇指指著自己，同時露出得意的笑容。

如果是在這座城鎮，我有實力能在冒險者當中名列前茅的自信。

「哈！除了恐嚇敲詐沒有其他特技的你能幹嘛啊？快去找敵人單挑然後被痛打一頓吧。」

這傢伙竟敢嘲笑我，這位大叔根本就不知道我的實力吧。

「很好，就讓你用身體來感受我的實力吧。好好品嘗這記薄鹽口味的拳頭！」

正當我將指頭折得喀喀作響並往大叔走去時……我的頭頂再度傳來一陣劇痛。

「不要隨便出手揍我，要是把我打成笨蛋妳要怎麼賠啊！」

「反正也不會比現在更糟了，真的拜託你收斂點吧。小心又被抓起來關進牢裡喔。我可不會再去把你保出來了。拜你所賜，我最近變得只要露臉就可以走進拘留所了耶！」

「喔喔，那陣子真的是受妳照顧了，下次也拜託嘍……警察啊，因為住宿費也花光了，加上還會提供餐點，去牢房給他們關照一下感覺也不錯。」

雖然牢房住起來相當煞風景，但是遮風避雨又提供三餐還能午睡。

乾脆找間店進去白吃白喝，順便找店員麻煩，就能跟平常一樣有地方睡覺了。

「我絕對不會再借你錢了。大叔，要是達斯特做出奇怪的行為，就立刻通知警察。畢竟他們也已經習慣了，應該會二話不說就直接把他帶走吧。」

「竟然連警察都已經習慣了……你啊……」

大叔的眼神從藐視升級成憐憫了。不，應該是降級吧。

畢竟警察局的牢房就跟我的別墅一樣啊。只要這些傢伙也經歷過一次，就會知道那裡其實意外舒適。

「達斯特也不要再做傻事，好好找個工作吧。就算不能去冒險，也還有打雜之類的工作能做啊，你的體力應該相當不錯吧。」

「事到如今我可不打算再去做搬貨之類的雜工了。但如果有打扮煽情的漂亮大姊姊一直在旁邊幫忙加油的話，我也是可以去試試啦。」

明明是為了做自己喜歡的事情才成為冒險者，誰還要做那種麻煩事啊。

沒錯，我已經下定決心要自由自在地生活，只做我想做的事情了。

「唉……真希望你能跟御劍先生稍微學習一下。」

「御劍？那是誰啊？」

聽見琳恩突然說出男人的名字，讓我直接做出反應。

而且她的語氣中還對那傢伙抱持相當的敬意。

「是最近變得相當有名的人，好像是勇者候補之一，持有一把厲害魔劍的型男劍士，為人有禮而且實力高超，很多人都對他抱持憧憬……話說回來，你已經不記得了嗎？你之前不是喝醉跑去找碴，結果反而被人家痛毆一頓嗎？就是那個上級職業的劍術大師啊。」

「那個人有時會來我店裡光顧，是個非常有禮的好客人呢……跟某個人完全不一樣。」

啊～～是那個帶著兩個可愛女孩的後宮男啊。實力亂強一把的該死外掛男。雖然想起來了，不過我的原則是對自己不利的事情就該全都忘記！

「哼，誰會記得啊！像那種聖人君子般的傢伙，其實內心都很黑啦。表面上溫文儒雅的傢伙都不是什麼好東西，再加上型男的性格都很惡劣，早就是世間的定論了。」

「雖然你講得好像有看過那種人，但那根本就是沒人愛的男人在嫉妒吧，真是丟人。」

「妳說誰沒人愛啊！我常光顧的那間酒吧的大姊姊，在我有錢時就會對我百般奉承喔！」

「你說那種話都不會覺得空虛嗎？」

「才不會！我才不是那種玻璃心。說到底，還是我這種表裏如一的人最值得信任了。」

「如果表裏都糟糕透頂就沒任何意義了。」

「無論哪一面都是黑的有個屁用啊。」

可惡，這兩個人在罵我的時候根本就一個鼻孔出氣！

雖然很想反駁但戰況實在不妙，今天我就先乖乖撤退吧。

「哈！隨便你們怎麼說吧！跟你們不一樣，我還有別的事情要處理。」

像這樣拋下一句話之後，我就快步揚長而去。

## 2

「受不了，感覺醉意都快退了。對上琳恩我就是拿她沒轍耶。」

要是其他人我還能用強硬的態度蠻幹到底，但只要看著那張臉我無論如何都……

「啊——不要再胡思亂想了。好啦，哪裡能找到好女人呢？那種有著多到花不完的錢，身體又渴望著男人，而且還願意無邊無際縱容我的女人最棒了。」

正當我大搖大擺地走在路中央，就看到前方出現兩個女人。分別是拿著長槍的戰士美少女，以及腰際掛著短刀，像是盜賊的美少女。

只有兩個女的啊，這時候不上前搭訕就太失禮了。

「今天總該輪到我坐旁邊了！」

「這可不是由妳來決定的事情。」

原本以為她們是夥伴，但看起來感情不太好呢。

算了，這種事情根本無所謂。不過這屁股還真是棒耶，要是有人穿著如此暴露還在我面前晃著屁股，那我的手也會忍不住……

「呀啊啊啊啊！你做什麼！」

「這個傢伙竟然摸了我的屁股！」

兩人慌慌張張回過頭，長得果然很正呢……咦？總覺得好像在哪見過這兩個人……但既然想不起來應該就不重要吧。

「反正也不會少一塊肉，讓我摸又不會怎樣。」

「垃圾！能摸我屁股的人只有響夜而已！」

「就是說啊！偏離人生正軌的醉漢才沒有資格摸我呢！……呃，這傢伙不就是先前在公會跑來找麻煩，結果被響夜痛打一頓的醉漢嗎！」

啊～～她們是御劍的跟班啊！那傢伙該不會在附近……看來是不在。那就拿她們代替御劍好好還一下當時的回禮吧。

「喂喂，還敢擺架子喔！我才不記得喝醉時發生的事呢！妳們特別提起被我摸的過去是怎樣……意思是妳們不只想被摸還想被揉嗎？真是拿妳們沒辦法，既然都開口要求了，是男人就該好好回應才對。我會把妳們的屁股揉到變形為止！好了，快把屁股露出來吧！」

「不要靠近我！小混混！」

我一邊雙手空抓一邊逼近那兩個女人，她們就一臉害怕地退後。像這樣脅迫一臉厭惡的女性讓我有些興奮耶，我似乎能稍微理解壞人們的心情了。

「那傢伙就是達斯特，那個小混混冒險者。」

「哇啊，真是可憐，那兩個女孩被小混混纏上了。」

那群觀眾實在有夠吵耶，都是這些人嚷門讓人群開始往這邊聚集了。

雖然我不是認真想做到那種程度，但事到如今也無法收手，就再稍微糾纏她們一下吧。

「不、不要靠近我，變態！響夜！響夜──────！」

「救救我，響夜！」

「嘿嘿嘿，就算妳們哭著叫破喉嚨也不會有人來啦！就讓我好好享受妳們美妙的慘叫聲吧！嘻嘻嘻嘻！」

啊，總覺得越來越好玩了。

我繼續朝坐倒在地眼泛淚光的少女們逼近，來到距離她們只差一步的地方。

「住手，你想對我的夥伴們做什麼！」

「響夜！」

在最巧妙的時刻闖進來的是一個帥到讓人不爽的型男。一頭褐色的頭髮，身穿看起來就貴到爆炸，還閃著藍色光芒的鎧甲，腰際更掛著一把黑鞘之劍。

這傢伙依然是一副有錢人的打扮耶。鎧甲已經相當不得了，那把劍感覺更是高檔。琳恩似乎有提過關於那把劍的事情，但誰會去記住那麼瑣碎的東西啊。

「你是誰？」

「哈！白馬王子登場啦。難道你不知道在詢問別人的名字之前，要先報上自己名號這個常識嗎？還有，在阿克塞爾報上名號的同時，給予對方金錢可是基本禮儀啊！」

「要給錢？是類似外國那種小費制度的獨特體系嗎……畢竟是異世界，所以無法一概斷言沒這回事呢。」

哦，他因為我胡扯的事情在認真煩惱耶。這傢伙是那種個性認真又不諳世事的蠢蛋嗎？

「響夜，不要被騙了！根本沒有那種規則！真要說起來，那種小混混說的話根本沒有傾聽的價值。」

「這麼說也對。啊——雖然我很想說『惡人不需要知道我的名號』……不過這次就算了。我名叫御劍響夜，你的名字是？」

這傢伙竟然那麼有禮貌地重新報上名號。到底該說他很機靈，還是單純就是個笨蛋？與其說他是在小看我，不如說正因為對自己的實力很有自信，才能那麼從容應對。

「你就把耳朵掏乾淨仔細聽好了，我的名字是達斯特，是這座城鎮眾所皆知的冒險者！」

「這麼說也沒錯啦，不過是惡名昭彰。」

「又是那個小混混冒險者在做蠢事啊。誰快去把警察或是他的監護人小琳找來吧！」

這群觀眾真的是煩死了。只要我一引發騷動，這裡的居民就會立刻聚集過來。

「嗯？我怎麼覺得以前有在哪裡見過你？」

「他就是之前在公會跑來找碴的醉鬼小混混！那張色瞇瞇的臉我想忘也忘不了。看那一臉色相就肯定是他！因為是那種不受女生歡迎的長相所以我還記得！」

「看他那張臉肯定是腦中幾乎都塞滿下流的事情！那對眼睛跟嘴巴看起來就像罪犯！他肯定是偷窺跟色狼的慣犯！而且總覺得很臭！」

「這跟長相無關吧！還有很臭是怎樣，我身上明明就散發著花香！要是再不適可而止，即使是我也會哭喔！」

這群可惡的女人，竟然這樣信口開河。

「啊啊！我想起來了。所以你又想被我揍得滿地找牙了嗎？」

竟然露出那種從容的笑容，這傢伙真的讓人很火大。

可惡，都是因為這個型男不請自來，害得事情變得很麻煩。因為跟他交手過所以很清楚，這傢伙的實力相當高超，確實有著符合他高等級的強大身體能力。

在酒醉的情況下對上他實在有些不妙，這種時候還是在發生進一步衝突前先戰略性撤退好了。絕對不是因為我打不贏喔！

「唔！我的肚子突然痛起來了，今天就先放過你吧！我可不是逃跑啊，給我記牢了！」

我在撂下招牌台詞後就轉身離開現場。這可不是逃跑，只是因為一旦被琳恩知道，她就不會再借錢給我了，這樣會讓我很困擾！

## 3

在那之後雖然已經過了好幾天，但我就是無法接受。

最近有被其他冒險者以及夥伴們看扁的趨勢啊，是時候該讓他們見識我究竟有多麼偉大了。畢竟從事冒險者這個職業，一旦被看扁那一切都結束了。

加上還有先前被痛扁的怨恨沒解決，我看就先從那個型男開始下手吧。

這只是為了讓世人了解我真正的實力，並不是因為我個人討厭型男。也不是因為我很羨慕那傢伙帶著兩個那種等級的美女喔。

這終究只是前輩冒險者對晚輩的教育罷了。

「話是這麼說，該怎麼做好呢？」

我想不出任何能讓那個型男屈服的方法。如果有那種不但能表現出我的偉大，又能讓對方哭著求饒的發展就好了。

「喂。」

「以目前的狀態看來，要靠蠻力讓他屈服實在有點困難。」

「喂。」

「果然得靠頭腦吧。畢竟都說知性的男人充滿魅力。」

「喂——！不要在別人放在店門口販賣的椅子上坐著不走！也不要擅自翻閱作為商品販售的書籍啊！」

「吵死了，好歹也端杯茶出來啊，我可是客人耶。不然拿杯酒來也是可以喔。」

我明明就是在雜貨店前沉思，竟然這樣大吼大叫妨礙我，這間店對客人的態度真是糟透了，到底懂不懂什麼叫服務業啊？

「看來有必要由我從頭指導你待客的基礎呢。首先是要爽快地把酒、下酒菜還有玩樂的錢交出來。」

「所謂的客人是會付錢的對象。你就只是個累贅、垃圾、達斯特。」

「你這傢伙！要是繼續因為我為人厚道就這樣得意忘形，我就要在附近散布負評喔！這裡的老闆明明因為賭博欠下一屁股債，還大白天就瘋狂灌酒，四處找女人搭訕！」

「那是你的日常生活吧！而且如果你那叫為人厚道，那我就是類似神明的存在了吧？」

「哼，還真敢講。我才沒空理會大叔你這種閒人呢，我得讓大家知道，那個叫響夜的型男跟我比起來，究竟是誰的地位比較高。」

「響夜？哦，是指御劍先生啊。那種事情根本連比都不用比吧。這就跟是拿無頭騎士及殭屍，或是拿艾莉絲教徒及阿克西斯教徒相比一樣失禮耶。」

不論是誰都一個樣，每個傢伙都只會對型男阿諛奉承。看人是要看內在好嗎，內在！

「對了，說到御劍先生……先前有人來推銷一把新人冒險者無法使用的劍，那把劍的外觀跟御劍先生的劍很相似呢。雖然重得離譜劍鋒又很鈍，但想說可以當成裝飾品或室內裝潢的一環，我還是收購下來了。」

「砍不了東西的劍除了當裝飾之外根本沒用吧。」

「呃，我是收到哪裡去了。喔，找到了找到了，就是這把。」

老闆應該也很閒吧。明明就是跑來找碴，卻又像這樣跟我聊起天來。

他從店內拖出來的那把劍似乎真的很重，劍尖跟地板一路摩擦。

這把劍的確跟御劍那把非常相似。與其說相似……根本是同一把劍吧？

無論是外型還是劍本身所散發的魄力，都不是作為裝飾品應有的等級。至於鈍到砍不了東西這點，可能是因為用魔法動了手腳，或是設定了某種條件。

……咦？這麼說來琳恩好像有說過御劍持有魔劍吧？我先前曾經聽說過，所謂魔劍依照種類……也有那種除了獲選之人外無法使用的東西耶。

要是只有御劍才能使用的劍，對其他人來說就毫無價值。沒錯，除了御劍本人以外。也就是說……我想到了一個連自己都覺得超棒的點了。

「喂，大叔，那把劍我買了。」

「啥？你願意買下派不上用場的劍我是很高興啦，但你根本沒有錢吧。如果你真的出得起這筆錢，那你就先把欠款結清。」

「你等我一下，我手邊有一頂以前常用，但現在用不到的頭盔，你就收購下來吧。那個可是相當值錢喔。」

「值錢啊……你之前也用過這種手段，打算把從垃圾場撿來東西賣給我吧？」

「這次是真貨啦。你等一下，我這就去把東西拿來。」

只要待在這座城鎮，我就不需要用頭盔遮住臉，就算賣掉也不成問題吧。
反正那頂頭盔因為很不通風，戴起來很悶熱，最近也完全沒在用了。

# 4

「這頂頭盔雖然看起來簡陋，但做工卻相當精細……這是個好東西耶。雖然的確足以抵押至今為止的欠款以及這把劍的金額……但這個應該不是贓物吧？」
老闆在仔細研究我帶來的頭盔好一段時間之後，才總算給出了鑑定結果。
看來價格相當不錯，如此一來就能實行我想到的計畫了。
「我才不會去偷東西呢！所以說交涉成立，這東西就歸我嘍。」
「喔、喔喔，謝謝惠顧。」
很好，這麼一來這筆買賣就成立了。只要握有這個，事情就會變得有趣。
「給我等一下～～！」
喊這麼大聲，是誰啊？
我一回頭就看到一個雙手扠腰，挺著胸膛的女人。因為她身穿修道服，應該是個祭司吧。

雖然看上去就是個美女，但不知為何我卻毫無興趣。

她的眼神感覺就很危險。而且從那套修道服看來……是阿克西斯教徒啊。

根據傳聞，阿克西斯教團是連魔王軍都敬而遠之的存在。雖然我覺得這個說法太過誇大，但他們的確是個眾所皆知的麻煩集團。

這種人要找我幹嘛？可以的話我實在不想跟他們扯上關係。

「這位大姊，妳有什麼事嗎？想搭訕的話請晚一點再來，但如果是要請我吃飯，那我會乖乖跟妳走喔。」

「以阿克西斯教的美女祭司聞名的我，怎麼可能反過來搭訕你這種毫無金錢味的男人啊。不如說你應該要請我吃飯，這麼一來我就願意溫柔地在你耳邊講述阿克西斯教的教義。」

「不需要。耳朵會爛掉。」

「竟然無法理解阿克西斯教美好的教誨，你真是個悲哀的存在。」

這麼說來我的確沒有仔細聽過教義，反正那肯定不是什麼正經的內容，聽了也只是浪費時間而已。

「光是達斯特就很麻煩了，竟然連阿克西斯教的破戒僧都跑來，看來今天得關店了……」

大叔一臉沮喪地重重嘆了口氣。

先不提我，竟然能讓大叔警戒到這種程度，看來這個女人相當惡劣呢。

「雖然浪費時間離題了，不過我的重點是那把劍。那不是我盯上的劍嗎！這是那位實力高強的型男冒險者在用的魔劍對吧。自從我確認那把劍在這間店之後，我就日日夜夜待在這邊監視，想看他會不會來把劍買回去！」

「妳未免太恐怖了……」

這個祭司突然現身講這什麼鬼話啊。

這傢伙所指的正是我才剛買下來的御劍的劍。從語氣來判斷，她似乎認識那個傢伙。

「妳是指御劍嗎？如果是的話，妳打算怎麼樣？」

「把劍免費讓給我。那是該由阿克西斯教持有的東西。只要能取得那把魔劍，我就可以用它當成幌子威脅……說服他包養我，從此過著受他寵愛又吃飽睡睡飽吃的怠惰生活。我這次絕對不會再讓他逃走了！」

要熱烈地述說自己的決心是無所謂，但她的眼神完全被欲望汙染了。我實在不想成為跟這種人一樣的存在啊。

「雖然妳好像有某種目的，但竟然要人把買來的東西平白送妳？真是厚臉皮的女人啊。」

「這話輪不到你來說啦。」

雖然大叔似乎抱怨了些什麼，但我沒在聽。

「雖然剛剛說免費，不過我當然會給你其他東西作為補償。畢竟那個價格相當高昂，可以麻煩你在這張簽收單上簽名嗎？」

「哦，如果是有利可圖的東西，我就可以考慮看看。」

如果那東西的價值比魔劍的賣價還高，那讓給她也無所謂。

跟筆一起遞過來的那張紙——是阿克西斯教的入教申請書。

「開什麼玩笑啊！這紙連拿來擦屁股都辦不到！」

「太失禮了！入教申請書可是用對身體有益的材質做成的耶！」

「重點不在那裡吧……」

一臉疲憊的大叔依然很認真地在吐嘈。

總覺得他今天一口氣老了很多耶。

「無論如何，我不會把這把劍讓給妳。如果妳真的想要就用錢解決，快拿錢來。」

「唔！竟然向我要求我最不擅長取得的錢財！這是何等貪婪的男人啊。我要向阿克婭女神祈禱，讓你在明天早上口臭變得異常嚴重！」

不要許那種討人厭的願望！這傢伙真的是祭司嗎？雖然有聽過傳聞但這也太誇張了。

「你在這邊等一下，我這就去從艾莉絲教徒那邊詐騙金錢過來！」

「我會在這邊等著，妳就快點去籌錢吧。」

阿克西斯教的祭司一講完就快步離去。

既然麻煩的女人離開了，那我就來確認一下東西吧。

我試著拿起剛剛買下的劍……好重。這樣根本無法隨意揮舞。

這果然是魔劍呢。這麼一來，御劍那傢伙無論如何都會設法取回吧。如、果、是、這、樣，即使我喊個天價他應該也會爽快付錢喔。

「呵呵呵，太棒了，這樣我就能輕鬆賺一筆啦。大叔，再見啦，這裡已經沒我的事了。」

「不要露出那種邪惡的笑容啊。喂，達斯特，你剛剛不是說要等她拿錢過來嗎？」

「誰要等啊，那只是我用來趕跑她的藉口。」

「你啊……」

雖然背後傳來老闆傻眼的聲音，但我決定無視並直接離去。

預防萬一，我要先來把這個藏起來，等一切都準備就緒再去找御劍。

至於究竟能詐取到多少錢，就要看我的本事了。

## 5

將魔劍藏到私下借用的倉庫後，我就在街上閒晃試圖尋找那傢伙，沒想到卻先遇上在散步的琳恩。

「咦，達斯特？你找到工作了嗎？」

「我沒有找到工作，不過最近應該會有一大筆錢入帳喔。」

「你沒有做什麼奇怪的事情吧？我不想再去警察那邊保你出來了喔。最近甚至被記住長相，連新來的警官都邊敬禮對我說『真是辛苦妳了』耶！真的是有夠丟臉！」

「那還真是辛苦妳了。放心吧，那不是什麼犯罪行為，反而該說是慈善事業。」

當我抬頭挺胸回答後，琳恩就用冷漠的眼神盯著我。

看來她完全不相信我的說詞。

「我說的是真的啦，是在幫人找東西。對方會很高興，我也能拿到報酬。妳不覺得這算得上是互相幫助的美好關係嗎？」

「太可疑了，我打心底覺得可疑。那絕對不是什麼正經差事吧……我知道了，那我跟你一起去。如果沒有任何問題，我一起去應該也沒差吧？」

唔，事態開始往奇怪的方向發展了。

這時候我應該要盡可能蒙混過去，但在面對琳恩時，我的謊話不知為何都不管用。如果只是隨口說說，她絕對不會相信。

「喔，是無所謂啊。反正也不是什麼虧心事。」

我冷靜地思考了一下，這件事不但不違法，而且還是正當交易，所以應該沒差吧。沒有任何會被琳恩責備的事。

就在我帶著琳恩走來走去尋找那傢伙時，便看見一個慌慌張張地四處亂竄的傢伙。那個人是……御劍啊。

「那是御劍先生吧。他看起來很慌張耶，發生了什麼事嗎？」

太棒了，這時機真是剛剛好。雖然他看起來很忙，但還是稍微去跟他搭個話吧。

「喂～看你那麼慌張，是怎麼了嗎？」

「呼……呼……你是……那個時候的……呼……呼……有什麼事嗎？我現在很忙！」

滿身大汗四處奔走的御劍心情似乎不太好。

看他慌張成這樣……看來是中大獎了。

「你在大街上那麼激動是怎麼了？難道是看到美女大姊姊嗎？哎呀～你平常帶在身邊的劍是怎麼啦～？難不成～你正在尋找魔劍嗎？」

「為、為什麼你會知道！」

ＢＩＮＧＯ，這傢伙的表情跟態度都太明顯了。這麼容易被看穿，可是會被壞人抓住小辮子喔。

「天曉得。所以你找到魔劍了嗎？」

「我找不到！你是知道這點才來跟我搭話的吧。」

「算是啦。所以說啊，如果那把魔劍現在在我手上，你會怎麼做？」

「咦？」

「什……！為什麼會在你手上？」

雖然琳恩也是摀著嘴嚇了一跳，但跟御劍的反應相比根本不算什麼。

他瞪大眼睛抓亂頭髮後就朝著我逼近，看來那把劍對他來說似乎相當重要。雖然他應該是那種不會說謊的類型，但真虧他這種個性的人有辦法在這世間打滾耶。

是因為跟在他身邊的女人意外能幹嗎？畢竟她們個性都挺好強的。

「御劍先生，請你稍等一下，我有話要跟這傢伙說。達斯特，你過來這邊！快過來！」

「喂喂，我現在正在進行重要的交涉耶。」

我一走到背對著御劍對我招手的琳恩身邊，她就用手纏住我的脖子小聲問道：

「立刻跟我說明這到底是怎麼回事。」

「親切的我在雜貨店找到那柄魔劍後，就搶在其他人之前先買了下來。我人很好吧？」

「如果只是這樣那的確不是什麼壞事……但事情絕對沒有那麼簡單……達斯特，我會跟你一起道歉，我們現在就去雜貨店吧。趁現在應該還有一點被原諒的機會。」

「我又沒有偷！我可是付了錢把東西買下來的。為什麼每個人都在懷疑我偷東西啊！」

「除了你平時的言行以外，還會有別的原因嗎？」

琳恩雖然瞪著我不斷碎唸，但這時候就先別管了吧。我現在正忙著跟御劍交涉耶。

「嘿，讓你久等了。我碰巧在雜貨店看到了，把劍，因為很中意就買下來了……結果完全是在浪費錢啊。那把劍重到根本無法使用，我還在想要不要拿去熔了好鑄造新的劍呢。」

「等等，請你稍微等一下！要錢的話我付給你！」

很好，上鉤了！看這個樣子就算強硬敲上一筆他也願意給。好啦，究竟該跟他開價多少呢？雖然是用頭盔交換來的劍，不過雜貨店開出的價格是十萬艾莉絲。

進行這種交涉時，基本上都是先提出一個超誇張的金額，再來尋找雙方的妥協點，所以最初就先來個……

「我想想喔，因為那把劍相當值錢，所以我最少也想拿到這個價格。」

我豎起五根手指，試著要求五百萬艾莉絲。

「五百萬嗎？」

「等等，也太貴了吧！」

以便宜的金額買到手的魔劍來說這是相當誇張的價格。我要從這裡開始慢慢降價，最後應該會落在一百萬艾莉絲上下吧……

「我知道了！這就付給你吧！」

「話雖如此，我也不是惡鬼……啥啊啊啊啊？咦，你要付喔？」

「等等、等一下！不可以被他的花言巧語騙了！這傢伙是那種只要開口大半都是謊言及粗話的男人喔，我這就給他一發魔法，讓他乖乖說實話。」

「妳到底是誰的夥伴啊！」

我對著舉起魔杖準備魔法的琳恩發出怒吼。

不要妨礙夥伴做生意啦，只要拿到這一大筆錢，就能還清欠債耶。

「無所謂，反正不是付不起的金額。」

「妳看，人家都這說了。所以立刻把魔杖放下來！不要再詠唱魔法了！」

「我覺得為了這個世界著想，最好還是把你燒了……」

這傢伙真的會把魔法砸過來，先前吵架時她就是毫不留情地用魔法攻擊過來。

「那這場交涉就算成立了。啊，想稍微打個折也可以喔。不然再附加上我的舊錢包吧，雖然裡面是空的。」

「不、不了，這樣就行了。那是那一位賜予我的魔劍，光是給劍標價的行為就已經是非常失禮的事情，不過那把劍擁有這個程度的價值也是理所當然……應該說還太便宜了。」

交涉成立的速度快到令人驚訝。

「那就這樣吧……啊，不好意思，因為我不覺得你會這麼乾脆就答應付錢，所以把東西藏在郊外了。這是鑰匙，地點則畫在這張紙上。」

我才剛剛掏出隱藏地點的鑰匙跟地圖，御劍就硬是搶了過去。

「喂，等等，錢呢！」

「真是失禮了。這樣應該夠吧？」

這傢伙非常乾脆地從背包中取出裝了金錢的袋子，他總是帶著這麼一大筆錢走來走去嗎？

我打開袋子確認金額，發現裡面裝了超過五百萬。

「哇啊，好厲害！竟然輕輕鬆鬆就能拿出這麼一大筆錢，你到底是多有錢啊？不但是型男還超有錢……這世界實在太不公平了。」

不要拿我跟御劍相比然後講出如此痛切的抱怨。

「雖然這可能是多管閒事，不過你不確認魔劍就付錢真的沒關係嗎？」

「妳是在擔心我嗎？真的無所謂，如果這是一場騙局，那我不管做什麼都會把劍拿回來。畢竟魔劍格拉墨是我最重要、最重要的，與女神大人之間的聯繫。」

女神？那是對他如此重要的人所贈送的東西啊。甚至願意毫不猶豫就付了五百萬。

哎呀～～真沒想到能這麼簡單就騙到一大筆錢呢，這都得歸功於我平常的善行吧。

「那麼，我還趕時間，先走一步！」

御劍沒等我們回應就全力飛奔而去。

這身體能力太誇張了，沒有找他幹架真是正確選擇。

「如何？我很和平地賺到錢了吧？」

我自豪地向琳恩搭話後，她就一臉不悅地瞪著我。

「喂喂，妳這時候應該要為了夥伴賺到錢高興吧，這樣我就能把欠妳的債還清嘍。」

「不需要。我不想被捲入犯罪當中。這絕對不是什麼正當的事情。」

「別對我的商業頭腦有偏見好嗎？這真的是正當買賣，現在我能連同本金加上利息把欠款還妳喔。」

「好啦好啦，如果兩天後你還沒被警察帶走我就收下吧。」

琳恩背對著我揮了揮手就邁步離去。

那傢伙直到最後都不相信我耶，真是夠了。竟然不肯相信夥伴，這個人未免太過分了。就算晚點後悔了，我可不管喔。

## 6

好啦，順利取得不義之財是很不錯啦，不過該怎麼運用這筆錢呢？

拿去賭博翻個一倍嗎？但我依然被禁止出入賭場所以也沒辦法，這麼一來，拿去做些買賣應該也不錯吧。

「找到了──！我終於找到你了！我不是說了要你等我嗎！魔劍呢？」

竟然被那個阿克西斯教的祭司逮到了，只見她上氣不接下氣地跑過來。

我原本希望一輩子都不要再跟她有瓜葛，但果然只要還待在阿克塞爾總是會遇上。

「賣給御劍了。」

「你竟然賣掉了！」

這反應也太誇張了，那本來就是御劍的東西，這也是理所當然的結果吧。

「妳也打算要將那把劍還給那傢伙吧？這樣不是很好嗎？」

「如果不是由我歸還就不能賣人情給他了啊！本來以為在時隔多日後，我終於有機會吃到瓊脂史萊姆以外的固體食物了耶！」

就算再怎麼窮也該吃些像樣的食物吧。

而且什麼不好選，為何偏偏要吃瓊脂史萊姆啊？

「話說回來，雖然慢了一步，但是妳收集到足以買劍的錢了嗎？」

「咦？沒有啊。」

……既然沒錢妳是來做什麼的？

看到她聳著肩膀露出瞧不起人的表情看著我，實在讓我很不爽。

「雖然沒錢，但我可以特別用跟我約會的權利作為交換。」

「不需要！」

「以阿克西斯教的美女祭司聞名的我……」

「這句話我已經聽膩了。」

繼續跟這傢伙糾纏也只是浪費時間，來看看能不能想個辦法能趕走她。

嗯～～畢竟這個祭司對那個傢伙非常執著，那把事情推給他應該是最快的方法。

「話說，那傢伙表示等他找回魔劍就要去招募祭司，還說要去找之前曾跟他說過話的阿克西斯教美女祭司耶。」

「這種事情你要早點說啊！現在不是跟貪得無厭的好色男講話的時候了！我必須快點回去準備結婚書約才行！」

那個祭司飛奔而去，我則是對著她的背影揮手道別。

這女人這麼好應付真是幫了大忙，反正即使謊言被揭穿，會惹上麻煩的也是那個傢伙，所以完全沒問題……話說御劍的同夥也講過一樣的話，我的臉真的長得那麼下流嗎？

「那、那種女人說的話根本不需要在意！這麼一來事情就解決了，總算是鬆了一口氣。既然手邊有了一大筆錢……賺錢的事就之後再說，先去喝酒吧。」

鎮門附近應該有可以喝到美酒的店才是。

由於阿克塞爾整個城鎮被巨大的城牆包圍，所以店家都集中在客流量較大的鎮門附近。

雖然我幾乎沒有在這一帶閒晃過，但這裡除了餐飲店外似乎還有形形色色的店家。

「新鮮的高麗菜跟西生菜便宜賣喔！現在的話西生菜還有大降價！」

也有在賣蔬菜啊，這些高麗菜就是先前大量收穫到的東西吧。

這麼說來，聽說有個蠢蛋把西生菜誤認成高麗菜還大量捕捉，所以現在西生菜才會這麼便宜吧。

「這個……能夠用來賺錢嗎？」

買斷所有的高麗菜，然後強硬地高價賣出呢？不過這東西保存期限太短了。

而且又是大豐收，價格根本可想而知，如果是那種數量稀少的高價蔬菜就是另一回事了。

就在我想著這些事情時，某個在柵欄中跳來跳去的紅色傢伙的標價印入了我的眼中。

「喂，老爹。為什只有這個的價格超級貴啊？」

「歡迎光臨。你是在找番茄嗎？今年的番茄毀滅性歉收，但是跟敝店簽訂專屬契約的農家運氣好，收獲都平安無事。哎呀，真是幸運啊，畢竟番茄可是人氣商品呢。目前擺在貨架上的就只有一小部分而已喔。」

「換句話說，不只有這些嘍？」

「嗯，其他都收在那邊的倉庫裡面。」

番茄是連餐廳也經常在使用的蔬菜。我還想說為什麼最近的沙拉都沒有放番茄，原來是這個原因啊。

歉收就表示無論哪裡都缺番茄吧。那麼，如果能在王都推銷應該就能賺到錢了。而且那邊的物價也比阿克塞爾高，就算只是轉賣也能賺上一筆吧。

因為認識能靠「Teleport」在阿克塞爾及王都之間自由往返的傢伙，只要去找那傢伙幫忙連運費也能省下來。

「老爹，能讓我把包括放在倉庫裡的所有番茄都買下來嗎？」

「畢竟放著也要花倉儲費，如果你能全部買下的確是件好事……不過這可是相當大的一筆數目喔。即使保守估計至少也要五百，你根本付不起吧？」

這傢伙從外表判斷我是個窮光蛋吧。

五百萬的話……我付得起。雖然手頭的錢會一下子全沒了，但之後能加倍賺回來。就連老天爺都站在我這邊啊，這果然是因為我平日有多做善事吧。

「喔，這些應該夠了吧？」

我將剛到手不久裝有五百萬艾莉絲的袋子遞了出去。

原本狐疑地看著我的老爹在確認袋子裡面的東西後，立刻浮現諂媚的笑容並搓著手掌……

我實在不討厭這種簡單易懂的態度。

「謝謝惠顧。只要能夠付得出錢，我才不會去在意出處呢。沒錯，就算不解釋也無所謂。畢竟錢就是錢啊。作為服務的一環我把推車先借給您，之後請記得歸還喔！」

在似乎誤會了什麼的老闆用愉悅的語氣歡送下，我拉著裝滿番茄的推車離開。再來就是去找能使用「Teleport」的傢伙，啊，不知道琳恩如何？若是她會用就能節省更多開銷了。

『緊急廣播！緊急廣播！所有冒險者請注意，聽到廣播請立刻全副武裝，成戰鬥狀態到城鎮的正門集合——！』

緊急廣播在四周響起，實在很吵耶。

這個聲音應該是在冒險者公會擔任櫃檯小姐的露娜吧。她的語氣聽起來相當慌張，是發生了什麼事嗎？既然講了戰鬥狀態那應該跟魔物有關吧。

『緊急廣播！緊急廣播！所有冒險者請注意，聽到廣播請立刻全副武裝，成戰鬥狀態到城鎮的正門集合！……尤其是冒險者佐藤和真先生及其同夥，請盡速前往現場！』

「佐藤和真？那是誰啊？聽都沒聽過呢。」

如果不參加緊急召集，之後將會發生大問題。但是這麼一來，這些番茄該怎麼辦才好呢？已經沒有時間運回倉庫了，不然就放在鎮門附近吧。但是把這些價值五百萬艾莉絲的番茄隨地放置也是個問題啊，這樣很可能會被壞人偷走，我到底該怎麼辦才好呢？

拉著推車的我想不到任何可行方法，只能沿途跟逃竄的居民們擦身而過來到鎮門附近。

因為是緊急狀況，居民們都遠離鎮門這一帶前往城鎮內部避難。轉眼間就不見人影了。

我站在鎮門附近的牆邊，一邊遠遠眺望接二連三與居民們交錯的冒險者們衝出門外，一邊抱頭煩惱。

「你在做什麼？沒聽到公會的緊急召集嗎？……是說，你為什麼拉著放滿番茄的推車？這次又打算做什麼不正經的事情了？」

竟然在這裡碰到正趕往鎮門的琳恩。

雖然奇斯和泰勒這兩名夥伴也在，但是他們只看了我一眼就匆匆離去了。

「我什麼都沒做啦，就只是買東西買到一半。那個廣播是怎麼回事啊？」

「我也不是很清楚，但露娜小姐聽起來相當焦急呢。你也別做奇怪的事情快點過來啦。還有，既然有這麼多番茄之後給我一個，你也知道我喜歡吃蔬菜吧。」

琳恩說完這些就消失在鎮門的另一側。

城鎮的危機和五百萬艾莉絲……究竟該選那一邊根本不需要考慮吧……唔，不過，這可是五百萬耶。之前擊退幹部的那群人似乎也在，那我不去也無妨吧？

「但是我也不能拋下琳恩他們不管，乾脆拉著推車過去吧？」

這個主意感覺還不錯，比起放在這裡擔心被偷走，帶著一起去反而比較安心呢。好，決定了。就這樣帶著過去吧。

當我拉著推車穿過大門後，就看到冒險者們成群並排的背影。

有好幾個人在看到我的模樣時吃了一驚，現在是還有這種從容嗎？

因為被人群擋住，我也不清楚到底發生了什麼事。魔法師們為何在使用「Create Water」之類的初級魔法啊？

那個在離魔法師們稍遠一點的地方站著不動的人是奇斯嗎？

「喂，奇斯，現在是什麼狀況？」

「達斯特，你總算來啦……我說你為什麼拉著推車？那樣不就無法戰鬥了嗎？」

「呼，這跟能不能戰鬥無關，而是我要這樣戰鬥。」

「你那副樣子就算想要帥，也只會讓自己看起來很蠢。不對，現在不是說這個的時候啦！已經有好幾個冒險者被打倒了！能發現敵人的弱點是水當然是好事，但是缺乏決定性一擊只會讓狀況越來越惡化啊！」

有人被打倒了嗎！

不能再這樣下去了。絕對不能再繼續出現犧牲者，我真的要出手了！

「讓開讓開！敵人就由本達斯特大爺來打倒吧！」

「喂，白痴啊！至少先把推車放下啊！」

我一全力衝出去其他冒險者就立刻回頭，接著拚了命朝我所在的地方衝了過來。在這種情況下仍深受大家的信賴，這樣的我實在帥到受不了。

「你們統統給我去後方等著！我這就去打倒敵人！」

「白痴！快逃啊！海嘯要過來了！」

「快躲開——！會被洪水吞沒啊！」

啥？這附近根本沒有大海，怎麼可能會有海嘯。這也未免太奇怪了……

「嗯？這陣類似地鳴的聲音是……而且聲音還逐漸往這裡靠近耶……」

我在因為冒險者們喊叫的蠢話感到茫然的同時，也將視線轉向他們的後方——出現在那裡的，是一片巨大的水壁。

將視線完全填滿的水藍色。

竟然真的是海嘯！這附近明明就沒有海！

「可惡！唔喔喔喔喔喔！」

我拚了老命地拉著推車往城鎮上跑去，但是逐漸逼近的水聲越來越大。

混蛋，這到底是怎樣啦！簡直莫名其妙！

「真的假的啊啊啊啊啊啊啊啊啊啊啊！」

在背後感受到衝擊的瞬間大水也覆蓋整個視野，被濁流吞沒的我分不清前後左右，只能任憑水流的擺弄和沖刷。

「咕嚕咕嚕咕嚕咕嚕——！」

我不會放手的！只有這個裝滿番茄的推車貨籃我絕對不放手喔喔喔喔！

# 7

「咳！呼……呼喔喔喔喔喔。總、總算是沾下來了啊。」

姑且是擺脫了在大街上溺死這種意義不明的死因，雖然全身都濕透，但留得青山在不怕沒柴燒。只要還活著我就不抱怨了。

「不過，為什麼會有海嘯襲擊啊？差一點就被淹死了。之後我一定要跟做出這種事的傢伙要求賠償。不對，現在不是講這種話的時候！番茄，我的番茄怎麼樣了？」

四處張望後，雖然有找到破碎的推車及貨籃，但是裡面的東西——已經徹底消失了。

沾黏在貨籃上的紅色液體及碎片就是番茄的……殘渣……嗎？

「喂……騙人的吧。這、是、在、開玩笑吧……唔喔喔喔喔喔！五百萬！我的五百萬艾莉絲！五——百——萬——啊————！」

「喂喂喂，別擋在路上嚷嚷啊。呃，是達斯特啊。」

第一個向處在絕望深淵的我搭話的人，是雜貨店的大叔。

這時候應該要來個美女安慰我才對吧，結果偏偏是個大叔。

「唉——」

「你這口氣嘆得還真大呢。到底發生什麼事了？不但鎮上淹大水，連城牆也壞了耶。」

「是海嘯，海嘯！我所有的財產也因此付之東流了……我的番茄，番茄啊啊啊啊啊！」

「別跑來糾纏我！不要邊喊著不明所以的事情邊假哭還用我的褲子擦身體！番茄不是就在那邊的木片間隙當中嗎！」

我朝著大叔所指的方向望去，發現在木片和木片交錯的間隙中，存在著一顆奇跡般毫髮無傷的番茄。

「喔喔喔喔喔，番茄啊啊啊啊！」

我迅速衝上前去將番茄撿起，溫柔地把它放在雙手上朝天空高高舉起。

「用不著哭成這樣吧。這麼說來番茄好像歉收耶。唯一有在販賣番茄的店似乎也售罄了。雖然只有一個，但也能賣個好價錢吧。不然我向你買下來吧？」

這樣啊，最壞的情況下，這個番茄很可能是這個城鎮唯一的一顆。

如果是這樣，應該能稍微回本吧？

我現在也只能將僅存的希望寄託在這顆番茄上了。

「為什麼達斯特像死了一樣啊？」

坐在平常的座位上吃飯的夥伴開口這麼問。剛剛說話的人應該是泰勒。

由於我趴在桌子上，完全看不見夥伴的樣子。

「誰知道呢？他一直都是這副模樣喔。」

「應該是那個吧。因為太晚去討伐幹部了，所以沒拿到獎金吧。」

那種事情怎樣都好啦。之後我雖然在附近四處尋找，但找到的番茄就只有最一開始看到的，也就是現在裝在腰際袋子中的那顆而已。

如果相信大叔所說的情報，我應該找地方把這唯一的一顆，有著超稀有價值的番茄賣掉。順利的話說不定能帶來下一次賺錢的機會。

「啊～～沙拉裡面又沒有番茄了。真是的，我好像有兩個月沒吃到番茄了耶。唉，好想吃番茄啊。」

琳恩不知道我在番茄買賣上虧了一大筆錢的事，所以是委婉地在叫我請她吧。

為了多少回收一些我泡湯的錢，這顆番茄是必要之物，不是那種可以隨便送出去的東西。

然而看著一直盯著這裡的琳恩——我大大地嘆了一口氣。

「唉，琳恩，這個番茄給妳啦。」

「咦？可以嗎？謝謝，你還是有優點的嘛。」

用乾淨的布擦拭收下的番茄後，琳恩立刻大口吃了起來。我則是呆望著她開心的側臉。

這就是五百萬的笑容啊。算了，也還不壞啦。

# 第三章 那位勇者的奮鬥記

## 1

「之前那場冒險真的好厲害喔，實在沒想到和真這麼優秀呢。」

雖然在公會平常的座位上跟夥伴們喝酒聊天，但他們從剛才開始就一直在講同一件事。

看著琳恩眼神閃閃發亮地不停誇獎和真的樣子，讓我有一點不爽。

「和真那種隨機應變的能力真是不得了啊！即使現在回想起來還是很興奮！」

「先前雖然因為是冒險者就小看他，但是他那種全方位的技能實在太出色了。感應敵人、潛伏，再加上初級魔法竟然如此有用。」

奇斯和泰勒這兩個夥伴也是讚不絕口。

我認同和真相當辛苦這點。因為我親身體驗過那三個空有外表的女人們有多麼危險了。

負責統御她們的人肯定是和真，這點絕對沒錯。

但是把我晾在一旁興高采烈地討論和真的事，果然讓人很沒勁。

「能找出初級魔法的那種使用方法真是令人欽佩。我都想跟和真一樣把初級魔法學起來了。他真的在各方面都能派上用場呢，比起那種雖然有些本領卻不斷闖禍的傢伙，還是想要像和真那樣的夥伴呢。」

琳恩是對和真作為魔法師的隨機應變能力深感欽佩嗎？既然能使用中級魔法，那初級魔法根本毫無價值啊。

「只要有和真在，冒險也會輕鬆許多吧。跟在與魔王軍幹部的戰鬥中，拖到最後的最後才參加的某人完全不一樣呢。」

奇斯調整著弓弦，一邊用意味深長的視線望過來。

我當時真的沒有那個閒工夫啊。

「再去請他們交換一次也行喔。」

連泰勒都把我當沒人要的孩子對待。

「你、你們到底想表達什麼啊……別用那種輕蔑的眼神看我。唔、喂！你們不是在開玩笑，而是認真的嗎？我在該出手時也是會出手的喔！只是沒有遇上那種機會罷了！」

「還說什麼機會……真要講起來，之前在和無頭騎士戰鬥的時候你為什麼沒來啊？雖然在那之後變得有夠消沉就是了。」

「別讓我想起那件事啦……我真的會很消沉。」

畢竟五百萬瞬間就化為烏有了。在那之後，我明明只是去找蔬果店的大叔要求退錢，他竟然就叫來警察，還跟我追加要求弄壞推車的賠償……可惡，現在光是回想起來就覺得不爽！

「比起那些事，我們什麼時候要接新的委託啊？因為沒錢，就算今天出發我也可以喔。」

「啊～～我暫時不參加。至少冬天這段期間我都不想接委託。」

「也是呢，冬天只有凶惡的魔物在活動。討伐魔王軍幹部的獎金也還有剩，就算什麼都不做也能順利度過冬天吧。」

「嗯。因為手頭很寬裕，要每天都去那邊光顧都行。」

「喂，笨蛋！」

「那邊是指……？」

由於奇斯說漏了嘴，琳恩立刻瞇起眼睛瞪向這邊。

「那邊」是指我們最近才得知，而且絕對不能讓女性發現的祕密場所。泰勒則是因為他身為十字騎士又有不懂變通的地方，所以我們沒有告訴他。

我有為了去那裡光顧努力存錢的義務。

「比起那種事！有人打算接委託嗎？」

「「「沒有。」」」

可惡，竟然如此堅決。

即使想找其他人組隊，但這座城鎮的冒險者們全都有得到獎金啊。像我一樣窮困潦倒的人就只有……

「喔，這不是和真嗎，你正打算去工作啊？」

聽到泰勒的聲音後我轉頭望去，就看到和真一行人站在那裡。

之前看他身邊帶著三個美女都覺得很是嫉妒，但自從經歷過那次之後，反而比較同情他。

「是啊～～因為託某個祭司的福，我現在欠了一屁股債。」

「你想說都是我的錯嗎！明明多虧有我在才能打倒幹部耶，你應該要更加感謝跟稱讚我！用唰唰和酥炸蟾蜍代替香油錢奉獻給我啊！」

「吵死了！妳以為我是因為誰才會這麼辛苦啊！」

「和真，就先到此為止吧。如果你真的焦躁難耐，也可以盡情痛罵我喔。」

「我完全不打算要給妳獎勵！」

「好啦好啦，只要能讓我放爆裂魔法就行了，所以非常樂意去冒險。」

「算我求妳，也學些其他的魔法……」

「恕我拒絕。」

真是辛苦啊……雖然說跟我一樣為錢所困的就只有和真他們，但我實在沒有餘力跟他們一起去冒險。

而且即使靠和真讓我參一腳來賺到錢，我在夥伴之間的評價也不會提升。

「那我們先走了。」

我沒有開口挽留和真，只目送他的背影離去。

那麼接下來該怎麼辦才好呢？夥伴們派不上用場，去邀請其他冒險者也沒用。這麼一來，只能去找一個人也能完成的委託了。

「唉～要一個人去找工作嗎～～就只能孤伶伶地獨自去工作啊？如果有心地善良的夥伴願意出手相助就太好了說——」

我起身邊活動手腳邊往夥伴們望去，結果三個人全都避開我的視線。

「那麼，我們就窩進旅館吧。」

「別去做蠢事，要認真賺錢喔。」

「抱歉啦。你就一個人去好好享受吧。」

沒有任何一個人開口說願意借我錢，就直接把我丟下。這群人實在太冷漠了，即使我以後成為富翁也絕對不會請客！

「唉，來確認有哪些委託吧。」

如果有那種尸位素餐的工作就太好了。

姑且看了貼在布告欄上的委託，但冬天就只有內容艱澀的委託。

盡是些討伐一擊熊集團之類亂來的工作，獨自承接就跟去自殺沒什麼兩樣啊。

「就沒有報酬高又簡單的工作嗎……嗯？這是半獸人討伐？」

所謂的半獸人，就是那種臉部是豬的種族。我記得該種族的雄性已經絕種，目前只剩下雌性。由於她們性欲旺盛，所以會捕捉到其他種族的男性，為了生小孩而做到俘虜被榨乾為止，可以說是最惡劣的存在呢。

如果做出這種事的是美女種族的話我甚至願意付錢，但畢竟是豬啊。

換作平常，這是我完全不想靠近的存在，不過這個委託的報酬卻莫名的好。畢竟其他委託都是物理上不可能成功討伐的狀態。就去打聽一下這個委託的內容吧。

我撕下委託書，拿到那位胸部大得誇張的櫃檯小姐面前。

「露娜，關於這個委託，能不能告訴我詳情啊？還有，因為我遇上了令人消沉的事，能不能讓我揉妳的胸部？」

「哎呀，這不是達斯特先生嗎。你之前從來不曾在冬天承接委託，這個情況還真是稀奇呢。我要把你扭送警局嘍？」

不愧是每天都在跟難搞的冒險者們打交道的櫃檯小姐，能面露笑容俐落地給予毫不留情的應對實在太厲害了。

「哎呀，只是開個小玩笑啦。因為最近開銷有點大，雖然不太情願但是不工作不行呢。」

「由於你太晚參加討伐幹部的任務，所以無法取得報酬呢。我看看喔，是討伐半獸人的委託啊。有人在鄰近村落的周遭目擊到半獸人，這是該村落的村民提出的討伐委託。聽說村裡的男性們都害怕得不敢出門，導致全村人手不足，只能坐困愁城呢。」

因為聽說被母半獸人逮到就會被榨到精盡人亡，男性冒險者碰上半獸人集團時要逃跑可是鐵則。

由於那個種族會篩選優秀的基因繁殖，所以她們有著掛保證的強度。

加上一旦被逮住就是作為男性結束的瞬間，在這股恐懼的籠罩下，冒險者的動作也會變得十分遲鈍。

「大概有多少隻半獸人？」

「根據目擊情報，似乎是十隻左右。」

一兩隻還有機會，但十隻就有難度了。獨自一人無論怎麼掙扎都贏不了，而且失敗時的風險實在太大了。

「這樣的話還是不要接會比較好。」

「那真是可惜。那個村落有個名為『美人湯』的祕密溫泉，不清楚是不是託了那個溫泉的福，村民可是美女成群喔。我也一直想去泡泡看那個溫泉，但工作太忙了，而且以村落的現況來說根本不是去泡溫泉的時候……這麼說來，雖然算不上是追加報酬，但村落有留言給接受委託的冒險者，說是如果能盡早將解決這個狀況，就會出動所有村民舉辦歡迎會喔。」

「請告訴我詳情。」

在我聽完委託內容陷入沉思時，突然有人拉了拉我的袖子。

「啊？是誰啊？」

一將視線移過去，就看到一名小女孩抓住我的袖子盯著我看。

「你終於還是為了錢做出誘拐這種事了……雖然給冒險者設定懸賞金令我很痛心，但是公會仍必須給予你嚴正的處分。」

「為什麼啦！我不認識這個小鬼啊！喂，給我放手！」

「叔叔，你看來不怎麼受歡迎呢。還有，我不是小鬼，是小妹妹喔。你們剛才是不是說了討伐半獸人？那是我們村落提出的委託嗎？」

這個小鬼是怎樣？所以她來自提出委託的那個村子嗎？

也有可能是跟父母一起來提出委託的。

「哎呀，仔細一看，這位是委託人的女兒呢。」

露娜似乎對她有印象的樣子。

跟我預想的一樣，看來我的直覺真不是蓋的。

「我不是叔叔，是帥氣的大哥哥才對。如果你們正因為半獸人出現在村落附近而感到困擾，那就沒錯了。妳是來自那個村子的小鬼嗎？」

「沒錯，叔叔。但我不是小鬼，是小妹妹喔。」

「喔、喔喔。明明是個小鬼卻很煩人呢。所以妳現在有什麼事？」

「那個啊，爸爸被半獸人襲擊，雖然最後總算是想辦法逃出來，但從那之後他就待在房間裡不肯出來。而且一直說著『我的性向很正常，快住手！』之類的話。」

這、這樣啊，真是可怕的遭遇呢。同樣身為男人，我對妳爸爸深表同情。

雖然他很幸運能成功逃跑，但我聽說被那東西硬上的恐懼感非常不得了。

「明明媽媽每天都在說『身為男人給我振作一點啊！就是因為你這樣才賺不了錢！我最近是真的去跟酒店店員搭訕了喔！』之類的話來鼓勵他，但他還是不肯出來。」

「我真的很同情妳爸爸啊……不過，那又怎樣？」

「叔叔，你要來討伐半獸人嗎？如果是那樣的話，爸爸在逃跑時把我的生日禮物弄丟了，你要幫我找回來喔。」

「喂喂，妳把我當成什麼了。我可是冒險者，討伐半獸人才是我的工作。」

「那就拜託你嘍，不受歡迎的大哥哥。」

接著那個不聽人話的臭小鬼就跑回應該是她母親的女性身邊。

小孩子都是自我中心又不肯聽人講話耶……算了，那種臭小鬼的事怎樣都好啦。

## 2

決定接下委託後，我邊思索之後的事情邊前往最能讓人冷靜的地方。

雖然感覺就像是被露娜拱上賊船，但我無論如何都得接些委託才行。而且，如果沒錢就沒辦法去夢魔的店光顧了！

奇斯說溜嘴的「那裡」就是指夢魔的店。阿克塞爾城鎮與夢魔們之間有著共存共榮的關係。夢魔給予男性冒險者能滿足他們情色欲望的春夢，男性冒險者則提供少量的精氣和金錢作為代價。

我們可以神清氣爽，夢魔們也能得到精氣。這就是所謂的互助互惠，算是相當不錯的生意吧。雖說如此，如果被發現在利用身為惡魔的夢魔將會引發各種麻煩，所以這是男性冒險者之間的祕密。

由於不是在現實中做出的行為，終究只是一場春夢，因此無論是多麼色情的場面都能實現，真的可以說是最棒的店了。自從知道這家店後我每天都會去光顧，但現在的我卻連那點錢都沒有。

「母半獸人啊，雖然不想戰鬥，但我已經走投無路了。有沒有什麼能輕鬆討伐她們的方法呢……」

「喂，喂——」

「受不了，我正在認真思考事情耶，你就不能機靈一點準備些酒之類的請我嗎？」

「開什麼玩笑，你為什麼每次都在我的店頭賴著不走啊？這裡可不是你家！啊，你這傢伙竟然在我貼了標價的商品當中混了自己的東西！只要達斯特在這裡今天的生意就完蛋了。」

不過是坐在雜貨店賣不出去的椅子上休息一下而已，這傢伙的器量有夠小耶。

這點程度就在那邊不爽，只會讓你本來就沒剩多少的頭髮變得更禿啦。

「反正你這間店本來就沒客人吧，我還沒碰到除了我以外的客人過呢。」

「只要你待在這裡客人就不敢靠近，店的評價也會越來越差啦。」

「喂喂，把賺不到錢的原因歸咎在別人頭上未免太奇怪了吧。想要我早點回去就給我保護費，不然幫我想個能討伐半獸人的方法。」

雖然我也知道雜貨屋大叔根本提不出討伐相關的點子，但我現在已經完全走投無路了，所以試著聽聽看別人的意見也不錯。

「竟然說保護費，你已經完全是個小混混了耶……那個半獸人討伐是怎樣？」

「因為我接了討伐半獸人的委託，所以在想有沒有可以輕鬆打倒她們的方法。」

「拜託你正當地去戰鬥然後打倒她們啦……既然那麼沒幹勁，那就不要承接委託啊。這麼一來，御劍先生就有可能接下那個委託了。那樣對委託人來說也是最好的結果。」

又是御劍啊。總覺得我最近一直在聽和真跟御劍的事耶。

「御劍啊。真要講起來，我之所以會損失一筆大錢都是那傢伙的錯。全是那傢伙一口氣給出一大筆錢把我搞得利益薰心，我才會浪費掉那筆錢。」

如果是那個傢伙，應該能輕易討伐半獸人集團。而對於追求強壯雄性的母半獸人來說，御劍也是最棒的餌食。

嗯……不然利用那個傢伙讓他去戰鬥如何？感覺他個性直率相當好騙……只要一切順利，我不就能收割所有好處了嗎？

「喂，你剛才說的一大筆錢是怎麼回事？」

「那件事跟你無關，我想到一個完美的好方法了，謝啦。」

「被你道謝只會讓我有不祥的預感……」

好了，接下來我該做的就是想方法把討伐半獸人的工作塞給御劍……根據傳聞，他有著強烈的正義感，對女性也很溫柔。只要用這個理由去刺激他，應該就能輕鬆操控他了。

正義感和女性是嗎。那就去請那傢伙幫忙吧。

## 3

「……就是這樣。」

「這到底是什麼情況啊，達斯特先生？」

我去了經常光顧的夢魔店，向熟識的矮個子蘿莉夢魔搭話後，她就做出這種反應。

雖然乍看之下只是間普通的咖啡廳，實際上卻是能夠實現男性夢想的最棒的店。

這裡依舊是最棒的樂園。只用些許布料把重要的部分遮起來的店員姊姊們，毫不吝嗇地裸露自己的肌膚。

光是能看到每走一步就不停晃動的胸部和屁股，就讓人覺得不虛此行。

「所以說，就是請妳假扮成村女，哭著去拜託御劍那個傢伙幫忙啊。就說些『村落的男性們都被半獸人給綁架了，拜託您幫幫我們吧！』之類的話。我會負責準備舞台和台詞，所以拜託妳啦。」

「我不懂的不是指騙人的方法，而是在問為什麼我要幫你做那種事？」

看來她不想幫忙呢，但這也在預料之中。打從一開始我就不覺得她會乖乖答應我的請求。

對冒險者來說，事前收集情報是必要的一環。我已經事先調查過妳的事情了。

「我都知道喔，因為和真那件事讓妳覺得很丟臉對吧？由於工作失敗的事已經傳開，使得指名妳的傢伙也變少了對吧？只要妳現在願意提供協助，那我絕對不會虧待妳。要我每次都指名妳也無所謂。再不然要我介紹一些喜歡蘿莉類型的傢伙給妳也行。」

「嗚，你是從哪裡聽來的……」

蘿莉夢魔動搖到藏都藏不住了。雖然我的確知道和真那件事，但後半只是我靠直覺隨口說說而已，看來是猜中了。關於那次失敗的事是在我們去喝酒時聽和真說的，不過趁著酒勁當成玩笑散布出去的人則是本大爺。

「而且御劍不愁女人又個性嚴謹，根本不會光顧這間店。既然不是客人，就算騙他一下也不會出問題。我在冒險者之間吃得很開，所以也可以幫妳宣傳喔。如何？這不算什麼壞事吧？騙人的技巧在讓人作春夢時也很重要，這可是在現實中磨練本事，並藉此領先其他夢魔一步的好機會呢。」

「這樣的確有些……吸引人呢。」

「只要交給我，妳總有一天能成為這裡的紅牌夢魔喔。到時候無論同事或前輩都會拚命誇獎妳吧。妳試著想像一下未來那個充滿了魅力的自己。」

「紅牌……不用再過抬不起頭的日子……」

應該是在妄想自己未來的模樣吧，只見她露出恍惚的表情望著遠方。

看她那副模樣，應該能成功說服她。

「就是這樣，我在妳身上感覺到潛藏的才能！就由我來當妳的製作人，一同以夢魔界的頂點為目標！成為最優秀的夢魔，讓每個人光是看到妳的倩影就會深深著迷！」

「那、那樣的未來！」

「如果是妳一定能夠實現！讓自己變得更加閃閃發光吧！」

她的內心因為我熱烈的演說開始動搖了。

我有聽說過夢魔的價值取決於能讓男人著迷到何種程度。雖然這可能只是傳言，但無論哪個業界都有類似評價的東西。

我的直覺告訴我，只要再推一把她就會答應。

「妳就去幫忙吧。」

應該是本店經營者的夢魔在這時介入了我們的對話。

跟蘿莉夢魔不同，她那副凹凸有致讓人想立刻撲上去的身材，今天依然極度豔麗。

果然所謂的夢魔就該這樣，像蘿莉夢魔那種缺乏曲線的瘦弱身體根本讓人興奮不起來。

「可以嗎？」

「可以喔，達斯特大人是我們重要的客人。妳就去助他一臂之力吧。」

這真是出乎我意料的助力啊。不愧是經營者，非常清楚何謂做生意。今後我也會繼續捧妳的場喔。

「我知道了。達斯特先生，我就幫你吧。不過我沒辦法參與戰鬥喔。夢魔雖然是惡魔的一種，但我們沒有戰鬥力。」

「妳真是幫大忙了！放心吧，我絕對不會讓妳受到任何一點傷，那麼我們先來套招吧。」

必須趁現在把用來欺騙御劍的劇情定下來才行。雖然那傢伙看起來很單純，應該會輕易落入圈套之中，不過這種事情還是小心為上。

## 4

我和蘿莉夢魔潛伏在山路上邊警戒四周邊復習今後的作戰計畫。

「台詞都已經背好了嗎？」

「一字不漏！因為大家都有來幫忙，所以演技也是熟練到不行！」

大概是因為有著相當的自信，感覺蘿莉夢魔的語氣相當激昂。

跟平時在店裡時那種高露出度的打扮不同，她今天的穿著相當樸素，看上去就是普通村女。這麼一來御劍也不會被發現她其實是夢魔吧。

「不過御劍先生真的會路過這裡嗎？」

「絕對會，那傢伙對和真隊伍裡水藍色頭髮的祭司相當執著。所以我拜託熟人散布了一些流言，說她在這座山上遇到危險。」

「咦？是和真先生那邊的祭司嗎？啊，嗚嗚……我會被淨化……」

蘿莉夢魔抱著肩膀開始發抖。

難道她在和真那邊失手時，吃了那名祭司不少的苦頭嗎？

由於那個女人好戰到一點都不像祭司，所以很有可能是這樣。畢竟不管是阿克西斯教或艾莉絲教都非常厭惡惡魔。

「那傢伙其實不在這裡，所以妳冷靜點。拜託啦，現在一切的一切都得靠妳的演技，可別失敗了啊。」

「交給我吧！我絕對不會再失敗了！失敗什麼的絕對不會再發生了！被大家安慰和同情的日子，永別了！」

感覺蘿莉夢魔異常地有幹勁耶，難道「失敗」這兩個字對這傢伙來說是禁語嗎？

這麼說來只要提到和真的事情時，她也會有過剩的反應。

「喔、喔喔，那就期待妳的表現了。」

為了讓她能稍微放鬆一點，我面露微笑輕輕撫摸她的頭。

蘿莉夢魔訝然地看向我後就低下頭去，接著才用濕潤的眼眸抬頭凝視我。喂喂，她該不會被我的溫柔所觸動，還因此迷上我了？

「達斯特先生……『女性喜歡被摸頭』這種事，完全是處男的幻想喔。」

「吵死了！既然沒事就快點去準備！」

雖然外表看起來相當年幼，但這傢伙畢竟是惡魔兼夢魔，對於男女情愛的理解絕不馬虎。

不過啊，面對這種徹底缺乏豔麗感的小女生，我根本不會產生任何慾望所以無所謂啦。

「盯著人家的身體嘆氣未免太失禮了吧，你是被我迷住了嗎？」

怎麼可能——我硬是把衝到喉嚨的話語吞了回去。

「抱歉抱歉。呃，聽到腳步聲了，安靜點。」

我潛伏在大樹後方，只將握著小鏡子的手稍微伸出去，以確認傳來聲響的山路的狀況。

從那套藍色鎧甲及套著黑色劍鞘的劍判斷，應該是御劍沒錯。他似乎是一路飛奔過來，不但上氣不接下氣，還用充滿血絲的雙眼瞪著四周，那副模樣看起來完全就是可疑人物。

那兩個女跟班不在啊，這樣正好。

「稍微變更一些台詞，這個部分要這樣……」

「達斯特先生的個性真的很惡劣呢。你其實是惡魔吧？」

「喂喂，我只是順從自己的內心罷了，別說那麼失禮的話。比起那些事，差不多該輪到妳出場了，去吧！」

「好的，我出發了！」

蘿莉夢魔向我敬了一禮後就跑了出去。

她的頭部及身體上都沾上適量的樹葉。這次的劇本是蘿莉夢魔正奄奄一息地拚命逃跑，接著在途中遇上了御劍。

到目前為止都照著計畫在進行。不愧是能自由自在操控夢境的存在，演技的水準也相當高呢，很行嘛！

「請、請救救我！」

「發、發生了什麼事嗎！」

在蘿莉夢魔即將要跌倒的瞬間，御劍接住了她。

很好，這時候要用濕潤的眼眸往上看！哦，還自己加入了邊顫抖邊向對方伸出手的即興演出……看來她根本幹勁十足嘛。

連裙子都恰到好處地翻起來露出大腿，如果這完全是她算計好的，那未免太厲害了，不過應該只是偶然吧。

「半、半獸人集團襲擊我們的村子！還把男人們都帶走了！拜託你救救村裡的大家吧！」

這演技實在太逼真了。感覺夢魔們完全可以去當演員啊。

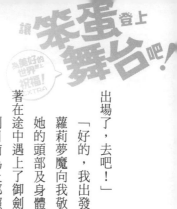

「竟有此事……雖然我也很想幫妳，但我正在找阿克婭大人。我不能丟著那一位不管。」

「阿克婭大人？難道是那位有著水藍色頭髮的美麗祭司嗎？」

「沒錯！妳知道她的事嗎？」

這反應真不錯，指示她追加這句台詞果然是正確的決定，只要這樣講那傢伙肯定會上鈎。

「是的。在得知我們的村子遭受襲擊後，她毫不猶豫就前往村落幫忙了。」

「不愧是女神大人，那一位果然既美麗又賢明。我還擔心阿克婭大人待在他旁邊會不會受到什麼壞影響呢。」

不不不，她原本就是那副樣子吧。反而是和真站在監護人的立場設法控管她好嗎。雖然御劍對阿克婭相當執著，但說她賢明……他是看見幻覺了嗎？

由於御劍的言行全都充滿了戲劇性，我現在感覺就像是在看話劇。

「所以阿克婭大人現在人在哪裡？」

「我、我這裡有村裡的人努力偵查後，註記了半獸人集團所在位置的地圖。」

蘿莉夢魔從懷裡取出紙張遞給了御劍。當然，那是我親手繪製的手製地圖。我已經事前偵查過半獸人的所在地。

「我知道了。請放心吧！我會想辦法救出村民和阿克婭大人！」

御劍那副堂堂正正做出宣言的姿態還真是有模有樣。所以說，型男這種存在實在是……

他輕輕地讓蘿莉夢魔橫躺在地上後，只留下爽朗的笑容就跑走了。

確認御劍的身影完全從視野中消失，我就朝蘿莉夢魔走了過去。

「辛苦了，妳很厲害嘛。」

「如何？我沒有失敗吧！」

「非常完美！看到妳的那副模樣無論誰都會被騙倒呢。」

「是這樣嗎，你誇獎過頭了啦。嘿嘿嘿嘿。」

這傢伙還真好哄耶。她是不習慣被誇獎嗎，竟然害羞到臉頰泛紅。

看來要對付蘿莉夢魔時亂捧一通會相當有效，先記下來。

「好了，我們去見證御劍的活躍吧。如果能幫我全部討伐自然是再好不過，若是只有削減掉她們的戰力，那他被抓住也沒關係。只要我趁半獸人沉迷於那傢伙時從背後偷襲就好了。」

「達斯特先生果然是惡魔……」

「才不是！」

當然，要是御劍被抓到，我會在他被上之前救他出來。畢竟我沒有那麼殘忍。雖然他要是因此討厭女人我也沒差就是了。

無視與我並肩而行還瞇起眼睛盯著我看的蘿莉夢魔，我持續朝著目的地跑去。

# 5

接近半獸人集團的所在地後，我們就放緩速度朝一座視線良好小山丘移動，接著匍匐前進爬上丘頂，探頭窺視下方的狀況。

御劍就位於被他打倒的半獸人集團的中心。他獨自討伐了所有半獸人嗎？雖然呼吸紊亂卻毫髮無傷，他果然很強啊。

「阿克婭大人！您在哪裡，阿克婭大人！」

他一邊大聲喊著那名祭司的名字，一邊進入搭在那裡的帳篷確認。

要是就這樣放著不管，他很有可能會跑去村裡面詢問，這樣一來我的詭計將會曝光。

「可以拜託妳幫忙善後嗎？」

「只要跟他說阿克婭大人在救了大家後也跟著離開就可以了對吧？」

「嗯，那樣就夠了。」

蘿莉夢魔從背後伸出翅膀，在不被御劍發現的情況下降落到附近並朝他跑去。雖然我聽不到他們究竟在說什麼，但從肢體語言判斷，御劍似乎是理解了。

很好，這樣一來這件事就解決了。再來就是從半獸人那邊收集討伐成功的證據，以及搜刮能夠變賣的東西。

我等到御劍離開後就動身朝下方移動。在跟蘿莉夢魔一起搜索半獸人屍體並從中取得相當的收獲後，便起身準備離開。

「明明半獸人這種魔物不會用多好的裝備，你卻找得相當認真呢。有找到好東西嗎？」

「……完全沒有。原本還想說至少能賺到一些錢，結果是白忙一場。不過因為有御劍負責戰鬥，所以我也樂得輕鬆。」

「講到御劍先生，他對阿克婭小姐未免執著過頭了，感覺有點恐怖呢。」

「畢竟都到去崇拜那傢伙的地步了，他應該有哪裡不太正常吧。」

「——你為什麼會在這裡？」

這道突然從背後傳來而且似曾相識的聲音是……

我戰戰兢兢地轉過頭去，就看到御劍雙手抱胸瞪向這裡。

「呃，哦，真巧啊。」

「是啊。因為不放心讓女孩子獨自回去村落我才回來確認，看來這是正確的選擇呢。只是碰巧在半獸人集團的所在地相遇那還好說。不過你為什麼會如此親密地在跟那位村女交談呢？感覺你們認識呢。」

這下不妙，他究竟觀察到什麼程度了？根據他聽到的內容多寡，對應的方法也會有一百八十度的轉變。

這時候必須要慎重的選擇回話內容。

「我、我和達斯特先生沒有任何關係喔！是剛剛才在這裡相遇，連話都沒還說過！」

「笨、笨蛋！妳是天然呆嗎！」

這傢伙因為太焦急而犯下了致命性錯誤。

「哦～～明明都那麼親密地交談過了？而且如果真的連話都沒說過，妳為什麼會知道對方的名字呢？」

蘿莉夢魔完全不反駁就淚眼汪汪地回過頭望向我，拜託妳現在別跟我求救啦。妳面對逆境時也太沒用了吧！

怎麼辦，這時候該怎麼做才能度過危機？這不是我第一次或第二次陷入絕境了，快點想出一個能起死回生的方法！

「啊，我到底做了什麼……這、這裡是哪裡？妳、妳不是夢魔嗎！我、我想起來了，我完全是被這個惡魔給魅惑了！全都是這傢伙不對！」

我將實行犯交給了御劍。

「等、等一下！達斯特先生，你這是在說什麼啊！想出了這個詭計的人，根本就是達斯特先生啊！」

我使勁想推開眼淚汪汪抓緊我胸口的蘿莉夢魔。

啊，可惡，這傢伙意外地頑強耶，甩不開她！

「我完全聽不懂妳在說什麼。喂，御劍，別被惡魔的花言巧語給騙了！惡魔是神的天敵。是你認識的那位祭司的天敵喔！」

「差勁！這個惡魔！人渣！垃圾！」

「哼，隨便妳怎麼說都行，我只不過是最珍愛自己罷了！如果妳也是夢魔，那至少用那副缺乏曲線的身體誘惑人給我看看！來，看到沒有，她有著惡魔的尾巴吧！」

我把手伸進蘿莉夢魔的裙子當中將她的尾巴拉出來後，御劍立刻將視線移開。

蘿莉夢魔則是邊不斷喊著「變態！」邊揮手毆打我，平時的打扮明明更加色情，實在難以理解她的羞恥心基準到底在哪。

「看來那位女性確實是惡魔沒錯。」

「是吧？那你就能理解我是冤枉的吧！」

很好，從這個走向來看我能得救。即使知道對方是惡魔，但御劍是個很好說話的男人，應該不會對這個至少外表是少女的傢伙施暴才對。

為了讓所有人都得救，這就是最好的辦法。

「別被騙了！這個人明明用很便宜的價格買下御劍先生珍惜的魔劍，卻用貴到離譜的價格賣給你，大賺了一筆喔！」

「混、混蛋，妳為什麼會知道這件事！」

「不就是你之前喝醉跑來我們店裡時，自己很得意地拿來說嘴的嗎！」

啊、啊啊，說起來我好像確實說了那樣的話……

——拔劍出鞘的聲音從前方傳來。

「等等，等一下！這時候我們應該把收起武器推心置腹地交流才對。畢竟對話是只有人類才能使用的手段啊。」

「矮人和精靈，以及我們惡魔和魔物其實也相當懂得如何交流喔。」

閉嘴，蘿莉夢魔！沒看到我正拚上性命想讓事情順利收場嗎，妳識相點啊！

臉上完全不帶一絲感情的御劍舉劍擺出上段架勢，同時用冰冷的視線看著我們。啊，那是講再多藉口都沒有用的表情。

我迅速繞到蘿莉夢魔背後，接著用力掀起她的裙子！

「哇啊啊啊啊啊！你在做什麼！」

「你、你幹嘛！」

你們都是不諳世事的少女嗎。趁著御劍因為動搖將目光從這邊移開時，我連忙將蘿莉夢魔挾在腋下全力逃離現場。

「你、你給我站住！」

「哪裡會有被叫站住就真的停下來的笨蛋啊！因為被另一根一柱擎天的魔劍妨礙，讓你沒辦法好好奔跑對吧？不要太勉強啊！」

我沒有忘記要在離開之前對他撂下嘲諷。

雖然沒有餘力回頭確認他的表情相當可惜，但是就這樣讓我順利逃走吧。

「我說啊，你真的不是惡魔嗎？」

「妳很煩耶，就說不是了！」

不要用懷疑的眼神看我啦，我真的只是一介善良的冒險者。

## 6

「可惡，實在有夠倒楣耶。滿懷期待去了一趟村落，結果跟我說年輕的大姊姊全都離開去大城鎮了。還說什麼美女成群，根本全都是乾燥花嘛。等到隔天回到公會，御劍已經搶先跟各處打了通關，害我連一毛討伐半獸人的獎金都拿不到。而且我做的事也統統被琳恩發現，她不但看不起我又一臉厭惡，甚至還逼我還錢。這就是所謂的禍不單行吧。」

「這我非常清楚，因為我也在場。」

冷靜地對我的抱怨做出回應的蘿莉夢魔，正忙著打掃店面。

由於不是營業時間，店內除了我和這傢伙外沒有其他客人及工作人員。

「因為妨礙到我了，可以請你回去嗎？」

「這不是對待客人該有的態度吧？」

「你手邊沒錢對吧？」

「……是的。」

本來我現在應該已經賺了一筆才對，這全都是御劍的錯。如果那傢伙沒做出多餘的事，我現在應該正在爽快地喝上一杯。

「我會沒錢全都是御劍的錯。」

「達斯特先生，你知道自作自受這個成語嗎？」

「那種東西早就從我的字典裡撕掉了！」

「你還真是徹底的人渣呢。即使在惡魔當中也很難找到如此的人才喔。」

蘿莉夢魔應該是在傻眼的同時也感到欽佩，只見正用掃帚打掃地板的她露出複雜的表情。

這個蘿莉夢魔雖然姑且還是用恭敬的語氣在跟我說話，但是跟初次見面時相比，用詞開始變得有些隨便呢。畢竟我最討厭畢恭畢敬的感覺，所以不是很介意……但與其說我們的關係變得融洽，不如說是她看不起我……

還在對那天我出賣她的事情耿耿於懷嗎？這傢伙的器量實在有夠狹小耶。

「唉，算了。然後啊，身為冒險者如果一直被人看扁實在有失顏面，所以我想找妳稍微幫我一下。」

「我不要。」

還沒把話聽完就直接拒絕，看來這傢伙正在警戒我。

「好啦好啦，妳別這樣說嘛，至少把話聽完好嗎？」

「一旦我聽了，你就打算把我拖下泥沼對吧？」

「妳到底把我當成什麼了？」

「人類史上難得一見的人渣。」

「很好，就算妳是女性我也不會手下留情。給我去那邊跪坐，我就來讓妳見識什麼是真正的人渣。絕對要把妳的身體調教成再也不敢反抗我！」

當我折著手指朝蘿莉夢魔逼近，對方也抓起掃把有模有樣地擺出了迎戰姿勢。

「要是做出那種事情，你就永遠別想再來這間店光顧了！」

「嘖，妳不要以為這樣就能威脅到我！別太小看我了！是說看妳從剛剛就忙著掃除，需不需要我幫忙啊？」

在聽到這種威脅後我也只能屈服，畢竟無法光顧這間店可是事關生死的問題。

想要在不威脅她的情況下利用這個傢伙……其實還有那個手段。

「抱歉。因為只要靠妳當時卓越的演技，無論面對什麼樣的難關都能順利度過，使得我忍不住對此抱持期待……才會不小心激動起來。」

我裝作自己正在打從心底反省，並輕輕低下頭去。

好了，在看到我的這副模樣後，蘿莉夢魔究竟會如何反應呢？

「真、真是的，聽你講成這樣我不就沒辦法繼續生氣了嗎。」

蘿莉夢魔微微鼓起臉頰將視線從我身上錯開……不習慣被誇獎的女人還真是好騙耶。就順勢再推她一把。

「畢竟妳的演技好到連王都的舞台女演員都會自愧不如。由這樣的妳所施展的春夢肯定很不得了吧。唉～～真恨自己口袋沒錢，如果能賺到工資，我下次一定會毫不猶豫指名妳！」

「才沒有到你說的那個地步呢。實在太過獎了，呵呵。」

滿臉通紅的蘿莉夢魔大概是想掩飾害羞，只見她以高速掃著地板。這女孩實在好騙到令人擔心。不過現在這樣正好，真是幫了我大忙。

「真是不好意思，我原本認為以妳的實力應該能輕易辦到，是我不該沒確認對方的意願就開口協商。我會試著去拜託其他夢魔，唉～～」

失落地重重地嘆了口氣後，我斜眼瞄向蘿莉夢魔確認她的樣子，只見她露出一副「真是拿你沒辦法～」的開心表情。

「真拿你沒辦法，就只有這一次喔。僅此一次的話我是可以幫你啦。」

身為一名夢魔，她這麼好騙究竟是怎麼回事啊？這樣能夠好好地當惡魔嗎？像這樣會被人類擔心的惡魔，是要怎麼混下去啊……

呃，但這不是我該去擔心的事，轉換一下心情吧。

「這樣啊，那真是太感謝妳了！那麼，我想拜託妳的是這件事。」

於是我開始在蘿莉夢魔耳邊低語，她一開始還不斷點頭，但是講到最後她先驚訝地瞪大眼睛，接著就露出鄙視的眼神，還用冷冰的視線貫穿我。

「要我讓御劍先生作夢是無所謂，但是這個內容……不會太過分嗎？」

「身為惡魔的妳不要擺出那種退避三舍的態度啦。不過就是用那名祭司的外表在夢中以色情的舉止誘惑他，然後在離上床只差一步時……變成母半獸人反過來襲擊他而已啊。」

「這個夢肯定會讓人留下心靈創傷喔。而且就算想讓御劍先生作夢，事情真的會那麼順利嗎？那個人很強，他很有可能在我接近之前就察覺到吧？」

「不用擔心啦。他的兩名女跟班似乎就住在那傢伙隔壁房間，而且每天都在吵吵鬧鬧，只是些許的小動靜應該無法吵醒他。」

這是從可靠的門路那邊得來的情報。好啦，就只是在公會偷聽到那兩名跟班的談話罷了。

「而且，我會先準備好在緊要關頭時的退路，也會幫忙把風。」

「那麼……一旦感覺到危險我會立刻逃跑喔。」

「嗯，就這麼做吧。這樣一來復仇的準備就完成了。就讓我一雪金錢和女人的仇恨吧，啊哈哈哈！」

「這個人果然是惡魔吧。」

至於蘿莉夢魔的蠢話我決定一概無視。

## 7

我和蘿莉夢魔彷彿要劃破漆黑的夜晚般在小巷裡飛奔。

「果然還是太勉強了啦！」

「啊～～吵死啦！現在給我閉上嘴專心逃跑！」

可惡，為什麼會變成這樣？直到潛入房間為止明明都還很順利啊。

正當蘿莉夢魔進入沒有其他人在的房間並移動到御劍的枕邊，即將開始讓他作夢時——那兩個女跟班突然就衝入房裡，最好是有人能預想到這種狀況啦！

「那兩個該死的臭婆娘！女人不要主動去夜襲男人啦！」

「御劍先生也處於深層睡眠的狀態，所以無論如何都無法讓他作夢！感覺他應該是被灌醉的喔！」

這真是糟透了。雖然不知道究竟是誰灌醉御劍，但總算趁著在最麻煩的時機出現的兩個人起爭執時逃走……

「這個女色狼！給我站住！我已經記住妳的長相了！」

「妳應該沒有碰到響夜吧！」

那兩個女人真是糾纏不清耶！

由於蘿莉夢魔是以店內的情色打扮潛入房間，為了不讓她是夢魔的事情曝光，現在她身上披了件大衣。

因為房內很暗，沒被看見翅膀和尾巴算是不幸中的大幸。

「雖然想飛起來逃走，但是這樣根本逃不掉！」

「要是變成罪犯……妳可別想獨善其身啊。」

「我才不要！我如果遭逮就會被處理掉，所以請達斯特先生獨自去認罪然後被逮捕吧！」

「我拒絕！被警察逮捕是無所謂，但是我絕對不要『因為潛入男人的房間』被逮！只有這個我堅決拒絕！」

這種事情一旦傳出去，那我無論作為冒險者還是男人都徹底完蛋了。唯一可以想見的未來就是徹底被夥伴們拋棄，所以我絕對要逃掉！

「啊，可惡！我受夠了！總算甩掉她們了。要是真的被抓住，那事情可會變得很麻煩耶。竟然被那種女人給纏上，我都要同情起御劍那個混蛋了。」

「討厭，真是的！都是因為達斯特先生，情況才變得這麼危險啦！」

結果我們一路逃到天亮，才總算保住自身的名節。

外頭天色已經變亮。我們一路逃到大街上，看來現在是有些店家準備開門營業的時間了。

「唉，好累喔。我要先回去睡……達斯特先生，你在逃跑時甚至做出綁架這種行為嗎？竟然把這麼可愛的女孩子……」

這個蘿莉夢魔到底在說什麼啊？只見她緊盯著我……不對，她的視線有往旁邊偏移。我順著她的視線望去，發現有個小鬼站在那裡。

那不是之前在公會的櫃檯前跑來跟我搭話，來自委託討伐半獸人的村落的那名小鬼嗎。她是從哪裡冒出來的啊？

「叔叔，工作完成了嗎？」

「小鬼，妳還真是早起啊。我說過我不是叔叔了吧？」

「我不是小鬼，是小妹妹喔。所以啊，叔叔、叔叔，半獸人呢？約定呢？我的禮物呢？」

我完全不記得有跟這個小鬼做過什麼約定，但是對這個傢伙來說，那段對話就已經算是跟她約好了嗎？

「啊啊，吵死了。這樣總行了吧？」

我把一個包裝得漂漂亮亮的小盒子朝小鬼丟了過去。小鬼一接住那個就露出白皙的牙齒高興地笑了。

「你幫我找到了！謝謝你，帥氣的大哥哥！」

由於那個小鬼不斷回過頭用力向我揮手，於是我甩甩手要她快點離開。

接著我的視線跟在一旁看著這段互動的蘿莉夢魔對上。只見她速速移動到我身邊，臉上更露出別有意涵的笑容。

「你會那麼認真地翻找半獸人屍體的真正理由，就是那個嗎？」

「才不是。只是在找值錢的物品時順便找找而已，順便。」

「哦～～原來是這樣啊～～哦～～」

不要一邊竊笑地看著我啦。

# 第四章 與那位千金墜入愛河

## 1

「一旦沒錢，自然也沒有女人！」

在公會平時的座位跟夥伴們喝酒時，雖然我起身大聲喊叫，卻被默默吃著飯的夥伴們徹底無視。

「那個酥炸蟾蜍看起來好好吃喔。給我吃一口，一點點就好，或是吃剩的骨頭也無所謂，讓我嚐一下味道嘛～」

「我、不、要。你先前不是才說過『我暫時不需要錢跟女人』嗎？」

琳恩先用叉子叉起酥炸蟾蜍放進嘴裡，接著嘆了口氣並用冷漠的眼神瞪著我。

「所以我這兩天不是都乖乖的嗎？」

「也不過就兩天罷了。你會沒錢完全是自作自受吧？你仗著能拿到機動要塞毀滅者的獎金，就賒帳跑去大吃大喝甚至還到處借錢，結果獎金太少不夠還債才在傷腦筋對吧？根本不值得同情啦。」

「是啊，你就趁這個機會學會什麼叫節制吧。」

就連泰勒也配合琳恩開始對我說教。

這群人真是沒意思。一點一點存錢這種事根本不是男人該有的行為吧，豪氣地花錢再一口氣賺回來才是所謂的男子漢。

「實在不想當窮光蛋呢。哈，這酒真好喝！」

「喂，奇斯！為什麼你有錢？你不是也有賒帳跟借錢嗎？」

明明跟我一樣四處揮霍，為什麼只有這傢伙還能優雅地吃飯啊？這也未免太奇怪了吧？

「因為我跟達斯特不同，賭博大賺了一筆啊！在窮光蛋面前喝的酒特別美味呢！」

不要把鈔票攤開來搧風！可惡，贏了就在那邊炫耀！如果我當時有押中，那現在就完全不同了！

「既然你這麼有錢，那就借我一點啊。」

「才不要呢。這些都是我的錢，連一毛艾莉絲也不會拿來借給達斯特。不過如果你立刻把我的鞋子舔乾淨，並且說出『我是奇斯大人順從的奴僕，一輩子都不會違抗您』這些話來奉承我，那我也是可以請你吃點什麼啦。」

「混帳東西！誰會拜託你這種不講義氣的朋友啊！所以說泰勒，借我錢。」

「不借。等你把先前欠的還清再來找我。這時候對你嚴苛一點也是為你好。」

不愧是十字騎士，還是一樣認真到根本是死板了。當夥伴遇到困難時，一般來說應該要爽快地請他吃飯吧。這群傢伙真是夠了，我身為他們的夥伴都感到丟臉。

「哼，我不會再拜託你們了！要道歉的話就趁現在喔！目前只要有酒、下酒菜以及十萬艾莉絲我就原諒你們！不然等我變成富翁才來奉承我也沒用！好了，快哭著求我原諒你們吧！」

「「「誰理你啊。」」」

「這個也好那個也罷，盡是些小氣鬼！等我賺了大錢絕對要用鈔票甩你們臉！」

然而就算再怎麼有幹勁，現在我的手邊根本沒有本錢可以用來投資賺錢。

雖然我的座右銘是輕鬆賺大錢，但所謂巧婦難為無米之炊。

唉，哪裡有那種無論是錢或身體都需要人幫忙「處理」的貴族女人啊。算了，即使是我也很清楚，這世上不可能會有這麼方便的女人。

「這不是達斯特嗎，你在這裡做什麼？」

突然向我搭話的人，是和真小隊的金髮十字騎士。雖然她的外表和身材都出類拔萃……但是跟這傢伙一起冒險過之後，我對她的印象就徹底改變了。

而且最近得知的那件事更是嚇到我。

「嗨，達克妮絲……不對，拉拉蒂娜。」

「不准那樣叫我！」

沒想到達克妮絲只是假名，拉拉蒂娜這個可愛的名字才是本名。

我從來不曾想過她其實是號稱本國首席參謀的達斯堤尼斯家的大小姐，原來她不只是空有堅硬的身體但攻擊都打不中的十字騎士。

貴族盡是些麻煩傢伙——我明明親身體驗過這件事，但是達克妮絲卻沒有貴族特有的厭惡感。這是因為她沒有瞧不起平民，而是站在對等的立場上吧。

我曾經懷疑之所以完全聽不到達斯堤尼斯家的負面評價，是因為他們巧妙地完全隱藏起來，但是現在看來，那些正面評價應該不全然是謊言。

雖然身為十字騎士，但只要無視那些奇怪的言行，她給人感覺就是一位受過良好教育的大小姐。如果去問她「為什麼貴族大人要去當什麼冒險者啊？」就太不識趣了。

「妳一個人嗎？還真是稀奇。和真他人呢？」

「我、我又不是隨時都跟和真在一起！我們只是夥伴！」

這也不是什麼需要拚命去否定的事情吧？畢竟一起冒險的夥伴，日常的行動模式也會很相似。

她是產生什麼奇怪的誤解了嗎？不過這也無所謂啦。

「自從和真得到那棟豪宅後，他懶得出門的狀況就惡化了，現在應該還在房裡睡覺吧。」

如果有錢我也想享受那種慵懶地睡到中午，吃飽睡睡飽吃的生活。

「那妳一個人打算做什麼？」

「惠惠抓著阿克婭去一日一爆裂，我就一個人閒到發慌，所以打算久違地跟克莉絲一起出門冒險。」

「克莉絲是那個被和真偷走內褲還哭出來，胸部沒什麼料的銀髮盜賊嗎？」

「喂，妳可別在克莉絲面前講這種話喔，她似乎相當在意這點。」

原來她會在意喔？那別穿得那麼單薄不是比較好嗎？話雖如此，但盜賊穿著輕便已經可以算是基本款了。

「那麼，我趕時間先離開了。對了，麻煩你別老是跟和真一起做蠢事。」

「好啦。但話說回來，我不記得有做過什麼蠢事啊？頂多就是在酒吧鬧到天亮，對不順眼的傢伙使用『Steal』，讓他在沒內褲穿的狀態下走回家這點程度而已喔。」

「你們做過這種事啊……沒想到會有那樣羞恥的玩法。下次得好好教訓他才行。」

看著達克妮絲怒氣沖沖離去的背影，我突然想到了一個主意。

「達克妮絲是達斯堤尼斯家的大小姐對吧。也就是說，她相當有錢嘍……呵呵。」

我對貴族沒留下什麼好的回憶，但也很習慣應付貴族了。雖然有點在意她先前在戰鬥時做出的奇妙舉動，不過是她的外貌不差，身材更是符合我的喜好。

如果能順利騙倒她出錢包養我，那我不就成了人生贏家？雖然結婚會很麻煩，但只是戀人應該不會有問題。總覺得只要隨便說些甜言蜜語就能輕鬆攻陷她呢。

隱約記得和真曾經說過達克妮絲是個很好哄的女人……好，首先是收集情報。既然要狩獵，就得先仔細調查獵物。

……去跟蹤她吧。

## 2

我隱藏身影追上達克妮絲後，就看到她跟克莉絲在公會門口會合並往城外走去。

她們真的打算兩個人去冒險嗎？儘管盜賊和十字騎士的組合平衡很差，但也不是完全無法戰鬥。不過她們應該不會亂來吧？

我維持一定的距離偷偷摸摸跟在她們後面。

在先前的戰鬥中，我對達克妮絲的印象只有被初學者殺手咬住這件事，如今正是見識她真正實力的好機會，畢竟她當時根本沒帶武器和防具。

「那、那個，請問……為什麼要帶我一起過來呢？」

這個被我途中抓來的孤獨女孩忐忑不安地向我問道。

「反正妳也是一個人閒著吧？」

「只、只是偶然、碰巧，一個人而已……」

這女孩跟和真隊上的爆裂女孩一樣是紅魔族，明明是優秀的魔法師卻總是孤單一人。由於她非常不擅長交際又很害羞，一旦和真等人不在，她幾乎都待在公會角落一個人玩。

她的名字叫作芸芸……有這種奇怪的名字，就肯定是紅魔族。

「那就沒問題啦。反正妳除了一個人玩玩卡牌遊戲及單人西洋棋外，也沒有其他的事情可做了不是嗎？」

「才、才沒有那回事呢。我也有好好看個書，還會一個人玩桌遊！而且我也很擅長觀察人類喔。那個，還有就是……我最近把菜單全都背下來了！」

把公會一樓酒吧的菜單全部背下來了嗎？這麼說來，這傢伙一直占著酒吧窗邊的座位呢。

「從菜單的第一道開始點，全部點一遍就能得到相當的滿足感喔！雖然我已經不記得自己點過幾遍了。」

「喔、喔喔……妳下次跟和真他們一起吃個飯吧？」

「可、可以嗎？但是，如果妨礙到他們的小隊聚會就不好了。」

「妳就是因為太在意那些多餘的事情，才會一直孤單一人啦。這種時候就算臉皮厚一些也無妨。用別人的錢吃飯喝酒根本是最棒的事情了，妳為什麼就是不懂呢？」

「我才不孤單呢！而且我必須出錢請朋友吃飯。在紅魔之里時，我朋友冬冬菇跟軟呼呼都說『我們是朋友』，我也經常請她們吃飯喔。」

「……如果這次能順利賺到錢，我就請妳吃飯吧。」

竟然能讓我動搖……在聽這傢伙說話時，總是讓我有種坐立難安的感覺。

芸芸雖然是個十四歲的小鬼，不過發育良好，也稱得上是美女。一般來說男人不可能會放過這個目標，但不知為何就是沒人要接近她。

而且芸芸並沒有被討厭，在冒險者之間的評價甚至可以說相當高，卻還是……

「咦？你要請我嗎！什麼？達斯特先生要請客？所以是打算要我幫忙犯罪嗎？」

「妳說話也未免太毒了吧！我請客有那麼奇怪嗎？」

「很奇怪。」

「不要毫不猶豫就回答啦！比起那些事，把話題拉回來吧。我現在開始要去跟蹤達克妮絲她們。妳也跟我一起去。」

「咦？跟蹤……達斯特先生也是那種不敢跟熟人打招呼，所以會在完全不曝光的情況下，偷偷跟在對方後面一整天的類型嗎？」

「……至少去打聲招呼吧。」

「怎、怎麼可以呢。突然去打招呼要是打擾到對方就不好了。而且如果對方不把我當一回事，選擇無視我不是很令人傷心嗎……」

「就算再怎麼不熟，也不會有人因為被打招呼就感到厭惡吧。我覺得妳真的可以再坦蕩一些……不對，只要跟妳講話就會一直跑題耶。我之所以要跟蹤達克妮絲是有原因的。就是那個啊，那個……」

實在想不出什麼的好理由。但是為了讓芸芸接受就必須說出合適的謊話。

「妳想想，雖然我跟和真是朋友，但跟他的夥伴們卻算不上很熟對吧？既然是朋友的朋友，當然會想跟對方好好相處啊，這妳應該可以理解吧？」

「我懂，我可以理解！如果能跟朋友的朋友成為朋友，就能慢慢增加朋友對吧！」

這傢伙意外地對「朋友」這個關鍵字難以招架呢。

……為了不讓芸芸被壞人騙，之後要偶爾提點她一下，但現在就讓我利用她這種個性吧。

「是吧。這時候為了跟對方成為朋友，就必須先收集情報。如果能知道對方喜歡的東西或平常在做些什麼，那聊天時也不用害怕沒有話題了，妳說對吧？」

「嗯嗯，的確是這樣。因為惠惠就只會偷吃和闖禍，別說是找話題了，根本只能顧著去阻止或留意她而已。」

那個爆裂女孩幹過偷吃這種事喔，這傢伙已經很不得了了，但是那傢伙也相當另類啊。

「而且，如果能跟達克妮絲成為朋友，那妳不就能加深跟爆裂女孩之間的友情了嗎？」

「是、是這樣嗎？惠、惠惠的事情怎麼樣都無所謂，但是你都說到這個地步了，就讓我一起去吧！」

這女孩這麼好懂真的幫大忙了。

雖然我是假裝偶然遇到芸芸，但實際上是我在跟蹤達克妮絲的途中，順路繞去這傢伙可能會出現的地方。

如同我的預測，她在書店前面盯著剛發售的新書。

當她站在戀愛小說區域邊確認他人的視線邊準備買個幾本時，我正好開口搭話，讓她嚇了一大跳。

只要跟這傢伙在一起，就算之後被發現也能把她當成藉口吧。

## 3

達克妮絲她們在平原上移動一段時間後，前方冒出了哥布林。雖然是兩人隊伍，但敵人也只有兩隻，應該能輕鬆取勝吧。

首先是達克妮絲衝進哥布林當中，接著兩隻哥布林立刻撲了上去。

雖然達克妮絲的攻擊連擦邊都辦不到，但即使被敵人的棍棒打中她也毫不畏懼。

或者該說她是自己衝進敵人的攻擊當中？雖然克莉絲似乎打算伺機攻擊，卻被達克妮絲過大的動作給妨礙到。

「『Bind』！」

哦，克莉絲發動了能束縛對手的盜賊技能。這樣就能封住哥布林的動作……喂，達克妮絲被綁住了耶。哥布林們也趁著達克妮絲被繩索一圈一圈纏住時上前圍毆她……這是在幹嘛？

啊，克莉絲移動到專心毆打達克妮絲的哥布林背後解決了一隻。接著用相同的方法處理掉另一隻。

……這個「Bind」的用法未免太奇怪了吧？一般不是對敵人使用嗎？而且就我所見，達克妮絲似乎是主動跳進「Bind」當中。

「咦？咦？她剛剛是不是自己跳進『Bind』當中？」

「我也這麼覺得。」

我不自覺地向拍著我的肩膀向我問道的芸芸表示肯定。

不過我們跟對方畢竟隔了一段距離，雖然表面上看上去如此，但實際上可能是兩人的合作出現問題。這時候應該多觀望一下再來判斷。

兩個人重新開始移動後不久，又出現了新的哥布林。這次總共有五隻，以雙人組合來說可能會有些難對付。所以我也考慮要是真的有個萬一就下場幫忙。如果能在這時候留下好印象，那搭訕的成功率也會上升。

目前她們注意力都在敵人身上，應該沒有餘力發現我們。趁這時候移動到靠她們較近的岩場吧。這樣就能在最好的時機現身。

雖然已經來到相當近的距離，不過無論是她們或哥布林都沒有發現我們。

接近到這個地步也多少能聽到她們的對話聲了。

「達克妮絲。現在有五個敵人，妳可不要再做出奇怪的事情喔。」

「知道了。我不會輕易地就向卑劣的哥布林屈服！」

「啊，嗯。但我要說的不是屈不屈服之類的事。」

「就算再怎麼抵抗也只會被推倒，即使被那濕潤又下流的細長舌頭舔遍全身，我也不會那麼輕易就陷落！你們要是辦得到就試試看吧！不如說，快這麼做！」

「達、達克妮絲！等等，等一下！」

達克妮絲就這樣揮舞著大劍衝了出去。

雖然我隱隱約約有感覺到……但那傢伙應該很有問題吧？雖然嘴上說著不會向哥布林屈

服，但是那既興奮又鬆懈的表情……

「啊啊，都是因為鎧甲的扣環鬆脫，害鎧甲自己脫落了！」

喂，為什麼那個十字騎士邊跑邊熟練地脫下自己的鎧甲啊？

「武器因為汗水從手中滑落了……唔，我失去所有抵抗的手段了嗎……這麼一來我不就要被哥布林蹂躪了嗎……！」

這個人……竟然把武器丟掉了！

呼吸粗重，嘴角似乎很高興地上揚……這傢伙難不成是真的很興奮嗎？

雖然我知道戰鬥狂在戰鬥時情緒會特別高昂，但感覺達克妮絲的狀況完全不同。這個感覺……比較像是夢魔店的客人所露出的表情。

「真是受不了妳，給我老實一點！『Bind』！」

克莉絲對準達克妮絲發動了技能！

達克妮絲再次被繩索纏住並倒在地上。

「竟然在這種情況下動彈不得，我太大意了！」

不是吧！妳根本沒打算要躲開啊！

「你們打算對動彈不得的我做什麼！難道，是想用那尖銳的爪子劃破我的衣服嗎！而且還打算只在胸部和重要的地方留下些許布料，然後用你們形狀下流的棍棒——」

「我不會再讓妳繼續說下去了！」

克莉絲向明明應該語言不通卻退避三舍的哥布林發起了攻勢。

哥布林也將注意力自達克妮絲身上移開，轉頭面對克莉絲。

「克莉絲，妳再稍微等我一下！五分鐘就好！只要再一下就行了！」

「不要露出一臉遺憾的表情！」

由於達克妮絲喊著難以理解的話語將哥布林的注意力拉走，克莉絲便趁機揮舞小刀劃過牠們的要害。

雖然兩人的團隊合作相當不錯……但該怎麼說呢。

單就結果而言兩人完封了哥布林，但是我也開始有所猶豫，覺得跟達克妮絲扯上關係說不定是比我想像中還要無謀的行為。

她的言行不管怎麼想都很危險。即使外表相當不錯，甚至可以說很合我胃口……不過那些發言實在是……

「啊，咦？達克妮絲小姐的動作果然很奇怪吧？不知道是不是我的錯覺，但是她似乎很喜歡挨打……」

「妳果然也這麼覺得嗎？」

「啊，不過，說不定在跟人組隊一起戰鬥時，這樣才是正常的狀態。畢竟我幾乎沒有跟別人組隊戰鬥過……」

「別突然說出那麼悲傷的事情啦……沒這回事，是那個人超級異常。」

達克妮絲恐怕是所謂的——被虐狂。那種能夠將肉體和精神上的痛楚轉化為快感的變態。

「明明身材無可挑剔卻是個變態啊……而且她根本已經病入膏肓了……」

「那個那個，請問挨打還能很開心究竟是怎麼回事呢？」

「這種事小鬼不用知道。如果妳無論如何都想知道詳情，之後再去問爆裂女孩吧。」

看達克妮絲被哥布林用棍棒毆打時那副開心的表情，那傢伙根本是超爆級的危險對象。最好還是別跟那種麻煩的女人扯上關係。

放棄吧，能握住那傢伙韁繩的人也就只有和真了……還是在被發現前趕快離開吧。

原本我靜靜地轉身準備離去，卻在聽見兩人的交談後不由得停下腳步。

「達克妮絲，如果老是做出這種事情，妳總有一天會被和真他們拋棄喔。」

「妳說什麼……所以他們在徹底利用完我之後，就打算把變成破抹布的我丟掉嗎！啊啊，這是何等的屈辱！」

「雖然嘴上這麼說，但是妳看起來很高興呢。達克妮絲，我從以前就很想知道……妳究竟喜歡什麼樣的男人啊？」

平時我對女生之間的這種無聊對話根本毫無興趣，但到了最後至少來聽聽達克妮絲的喜好吧。只要有這份情報，我可以誘騙奇斯上鉤，至少讓他請我吃頓美味的大餐。而且……

「達斯特先生，請再稍等一下！我們再稍微聽一下她們的對話吧！」

芸芸也死抓著我的袖子不放。只見她呼吸變得粗重，還露出興致勃勃的眼神仔細聆聽兩人的對話。

……女人真的很喜歡戀愛話題呢。

「關於這點啊。體型是胖是瘦都無所謂，但是常用猥褻的視線盯著其他女人並露出下流的笑容，必要條件是整年都在發情看起來就很好色。如果是那種小看人生辛勞，只想盡可能輕鬆度日的廢物分數會很高。如果還負債更是無可挑剔！而且還要成天喝酒不去工作……」

「夠了，已經夠了！達克妮絲，看來我得找機會跟妳好好談一談！」

那傢伙喜歡那種垃圾般的男人啊。如此惡劣的混蛋可是相當難找……喂，芸芸，妳為什麼要看著我？

「與其說達斯特先生完全符合條件，不如說根本就是在講達斯特先生吧？」

而且還說出這種難以理解的話。

「喂喂，別說這種蠢話。我還沒有爛到那種地步好嗎？」

受不了，竟然如此看不起我。真要講起來，那明明就是在指和真吧。

「呃，那麼，請你回答我接下來提出的問題喔。」

「為什麼那麼突然啊？」

「第一個問題，如果有符合你胃口而且打扮煽情的女性出現在酒吧，請問你會怎麼做？」

「遇上這種事還用多說，當然是立刻衝上去搭訕，然後假裝喝醉伸手摸她的屁股啊。」

「…………」

喂，回點話啊。為什麼要默默移開目光啊！

「第二個問題，什麼都不做就能獲得足以玩樂一輩子的金錢，以及與夥伴們一同渡過難關，並且在打倒強敵後取得大筆金錢和名譽，請問你會選哪——」

「當然是可以游手好閒的那一邊啊。」

「竟、竟然急著搶答，唉。」

看著別人的臉嘆氣也太失禮了。剛才那題不管是誰肯定都會這麼回答啊，完全不需要猶豫吧。

「第三個問題，請問你現在有欠債——」

「有啊。這根本是理所當然的事。」

「……第四個問題，不用工作就能喝到的酒比較好喝——」

「超棒的啦。」

「你跟達克妮絲小姐根本是天造地設的一對呢。」

這傢伙竟然眯起眼睛露出溫柔的笑容看著我。

剛剛那些問題無論拿去問誰，肯定都會說出跟我相同的回答吧。根本沒有必要猶豫。

原本一在自說自話的芸芸突然陷入沉默，接著雙手抱胸低下頭開始碎唸。她怎麼突然變成這樣啊？

持續碎唸了好一陣子後，芸芸突然用力抬起頭盯著我的臉，接著又重重點了一次頭。

「啊！難道說，達斯特先生喜歡達克妮絲小姐嗎？你是為了了解自己喜歡的人才會一路跟蹤她啊。這麼一想我就懂了。達斯特先生會這麼關注她原來是為了這個！我有在小說中看過這種不坦率的主角喔！」

這、這傢伙產生了相當嚴重的誤解。

雖然一開始的確是這麼打算。但在看到達克妮絲至今的言行後，我就徹底失去幹勁了。

「雖然我之前認為跟達斯特先生交往這種事對女性來說根本是種拷問，但是在聽到達克妮絲小姐的喜好後我就放心了。這件事情就儘管交給我吧！我可是看過很多本戀愛小說喔！」

「啊，看妳激動成這樣我也有點不好意思，但是達克妮絲實在太危險了……」

「不只是書，因為我對現實的戀愛非常有興趣，所以我會好好加油！巴尼爾先生那次的狀況實在太過特殊，但這次一定要成功！」

這傢伙不行了，完全不肯聽人說話。

這麼說來，先前發生巴尼爾老大的戀愛騷動時，她也是一個人超級興奮呢。

唔……關於達克妮絲的癖好，其實只要假裝沒看見就行了。

雖然一旦跟貴族這種存在牽扯太深，之後只會變得很複雜，不過還是盡可能讓她沉迷並包養我吧。就這樣決定了！

## 4

從那之後過了兩天，芸芸把我約了出來，到她指定的咖啡廳一看，發現在場的並非只有芸芸，一位戴著面具身穿燕尾服的男人——巴尼爾老大也坐在她旁邊。

巴尼爾老大似乎是魔界的公爵，擁有強大力量的惡魔。因為一些因緣，我和芸芸還有巴尼爾老大常會聚在一起。

至於那個契機，就是老大打工的那間魔道具店經營不善，我們原本是在冒險者公會討論該怎麼賺錢，最後卻不知為何變成幫芸芸找起朋友。

在那之後雖然幾經波折，但還是多少消解了這傢伙交不到朋友的狀況，我們也就這麼一路相處至今。

話說回來，為什麼老大會出現在這種地方？

「太慢了！明明說好是快中午時集合，但現在都已經是下午了！啊，不好意思！我們晚一點才要點餐。」

芸芸不斷低頭向女服務員致歉。看來女服務員在我抵達前已經等了好一段時間，只見她一瞬間露出不悅的神情，接著就往店內走去。

「想讓我遵守約定妳還早了十年啦！」

「為什麼遲到的人還能那麼囂張啊！」

「汝還是跟以前一樣，是個出色的人渣呢。吾是因為看見能夠品嘗到汝的優質負面情感的未來才決定參一腳，但沒想到竟然讓吾等了這麼久。」

「抱歉了，老大。只有這傢伙的話讓她等多久都無所謂，但我不知道老大也在啊。」

「因為這個對『朋友』一詞有過度反應的紅魔族小姑娘，突然跑來到吾打工的店全神貫注地看書。吾在偷看她的未來後發現事情似乎會變得很有趣，於是便跟著來了。」

「什麼叫作『讓那傢伙等多久都無所謂』啊！唉，算了。比起這個，重點是追求達克妮絲小姐的方法。」

「追求達克妮絲……妳在說什麼？」

真是受不了，她是剛睡醒嗎？竟然說出這種莫名其妙的話。

為什麼我要去追那種超爆級的被虐女啊？

「你、你是真的忘記了嗎……難道說你的腦袋裡面其實塞滿了瓊脂史萊姆？如果從達斯特先生那邊奪走欲望，究竟還能留下什麼啊？」

我本來以為她會生氣，結果卻是突然用同情的眼神看著我。

「啥？人類這種生物不就是為了欲望而活嗎？雖然偶爾也會出現那種為了工作而活的人，但他們肯定是腦袋進水啦。只為了滿足自身欲望而活，為了得到能拿去玩樂的錢而工作，這才是所謂的人類！」

對，即使活得正直清廉也不會有什麼好事。這麼一來當然要盡情享受自己的人生。這可是只屬於你，跟別人無關的一生啊。

「這種話還能說得如此斬釘截鐵，反而令人感到佩服呢。明知這是廢物特有的想法，但內心還是多少有點動搖……」

「真是深受惡魔喜愛的人類啊。太棒了，這種頹廢的想法真的是太棒了！雖然汝想表達的只有『我想輕輕鬆鬆地活下去』，但這種靠打高空來掩飾的說法真是太厲害了。」

「能得到老大的誇獎，真是令我感到光榮。」

咦？等一下？被身為惡魔的老大誇獎真的是值得開心的事嗎？感覺這就像是在說我身為一個人很有問題……不過現在就先不要去在意吧。

「等等，那種事根本無所謂！明明是你硬逼著我幫忙，結果當事人卻忘了這件事到底是怎樣啦！」

「啊，好像有這麼一回事呢。因為昨天拍和真馬屁讓他請我喝酒，所以全都忘光了。」

「我記得和真先生還有跟國家預算相當的欠款吧？你竟然讓這種人請客……」

「沒錯，誰教我跟和真是摯友呢！」

「那才不是摯友！就只是損友……」

芸芸抱著頭嘆了口氣。

這傢伙完全不懂，損友跟摯友根本就是同義詞。

「妳為什麼那麼累啊？該不會是在晚上努力過頭了？」

「你、你、你到底在說什麼？怎麼可以對女孩子說這種話！」

「喂喂，妳是不是誤會了什麼。我只是擔心妳晚上看書看得太專心導致熬夜，所以現在才這麼累啊。所以說妳到底誤會了什麼？快用那張可愛的嘴巴詳細地告訴我吧。」

「這、這是性騷擾！」

雖然芸芸小題大做地說了什麼性騷擾，但這只是在跟女性打招呼罷了。雖然要是跟櫃檯小姐露娜說出類似的話，她會有大約一個星期完全不分發工作給我。

在那個傢伙面前不能講到跟男性有關，或是戀愛話題。聽說是工作太忙讓她完全沒空交男朋友，所以在面對露娜時，絕對不可以說出「結婚」這個會讓她反應過度的詞彙。這算是冒險者之間的共同默契。

「唔嗯，真是美妙的負面情感！看來只要有汝等在，吾就無須擔心會餓肚子呢。順帶一提，那個在關鍵時刻總是猶豫不決的弱雞冒險者，已經有足夠的金錢能還清債務了。」

不知不覺間和真也混得越來越好了呢。

聽說他是透過將新的發明賣給老大來賺錢，看來他作為商人的本事相當值得學習。

「回到剛才的話題吧。為了了解最近的戀愛觀，所以我重新學習了一番。請看這個，這些是我的部分藏書，是最近非常流行的戀愛小說。」

芸芸將原本堆在桌子角落的小說拿到我面前排開。

由於她總是一個人獨處，所以非常了解跟書本有關的事情。

《您的名字》、《在魔界的中心躲避姊夫》、《想吃你和內臟》，這些書名怎麼都這麼奇怪啊？

「這些都是同一位作者寫的作品，據說那位老師來自遙遠的國度，非常擅長寫戀愛小說。在他生前似乎經常把『這部作品是我的原創，絕對不是抄襲！』這段話掛在嘴邊，好強調自己的獨創性呢。」

「那些事情怎樣都好啦，所以妳想講什麼？」

「這些都是在年輕女性之間人氣很高的戀愛小說。換句話說，這裡面描繪了女性夢寐以求的理想戀情。」

「原來如此。我對這些一竅不通。」

「唔嗯，吾之管轄權不包含人類的戀情呢。」

「果然如此。在露娜小姐的那件事當中，我已經徹底體會到兩位在戀愛上有多麼不可靠了。所以我就參考這些小說，試著思考能讓女生怦然心動的場面。這就是我的成果！」

芸芸取出她事先准備好的紙張，啪的一聲用力放到桌面上。

紙上密密麻麻寫滿了字。這傢伙剛要她幫忙時明明那麼不甘願，一旦開始動手又變得幹勁十足了。

「從最簡單的開始嘗試吧。首先是壁咚！」

「哦，那個的話我就知道。因為我在威脅別人時經常會用到。」

「這是靠著展現強大的腕力，來顯示自身雄性魅力的手段嗎？」

在酒吧強迫看起來就很軟弱的傢伙請客時常用的手段。先把對方逼到牆邊，接著用力拍牆壁讓對方嚇到腿軟。

「不對。雖然做法類似，不過這跟那個不一樣。巴尼爾先生明明跟達斯特先生不同，平時都非常可靠，但是一遇上跟戀愛有關的事就派不上用場了呢。所以說，趁著女性靠在牆邊時站到她面前，然後把手咚的一聲按在那位女性頭邊牆壁上的行為，就是所謂的壁咚。」

「……根本完全一樣吧？面對這種事情，到底為什麼會高興啊？啊，不過達克妮絲是那個，所以可能會很高興呢。」

「那位有著特殊癖好的女孩應該會高興吧。不如說不要對牆壁，而是直接毆打她身體效果應該會更好喔。」

「不可以做那種事情啦！再來就是最經典的場景，當她陷入危機時颯爽登場出手搭救也是一招，畢竟大家都對這種場面充滿了憧憬！」

「這樣的話，得請奇斯幫忙襲擊達克妮絲啊……但那傢伙在真的遇上危機時，反而會很高興吧？」

「唔嗯。比起負面情感，吾應該會收到愉悅的情感吧。」

由於仔細觀察過達克妮絲所以我對此抱持確信。既然老大也持相同意見那肯定不會錯了。

「是、是那樣嗎？那麼這個方案先保留吧。不然就是贈送禮物，這你覺得如何？畢竟不會有收到禮物反而感到不高興的人。」

禮物啊。雖然我喜歡收禮物，卻非常討厭送別人禮物。不過我也知道這招的效果很好。但要讓達克妮絲收到會非常高興的禮物啊……

「妳收到什麼樣的禮物時會覺得高興？」

「我嗎……我想想喔，例如可愛的花朵，只、只是願意當我的朋友也可以。」

先不管前半，後半的部分……雖然最近像我和老大這樣能和她交流的人有逐漸增加，但是她的朋友依然壓倒性的少。

「順便問一下，老大覺得送什麼禮物會比較好？」

「鞭子、蠟燭以及麻繩是很好的選擇吧？不然送三角柱她應該也會很高興。」

「咦？送別人那種東西是要用來做什麼呢？」

芸芸歪著頭問道，但是我不打算跟她仔細說明。

雖然我覺得老大的提案很棒，但是感覺剛遞出去就會被砍啊。

不過要送禮物啊……這麼說來達克妮絲到底喜歡什麼？

「如果能知道她的喜好那就簡單了。」

「達克妮絲小姐喜歡的東西嗎？不然問問她的朋友吧？」

「也對，來去問問看和真等人吧，他們應該至少會知道一兩個她喜歡的東西吧。」

「能夠看穿一切的大惡魔巴尼爾在此宣言！就讓吾作壁上觀吧，這樣才能迎來最有趣的未來。」

「雖然很在意巴尼爾先生的發言……但我也會試著去收集情報，我們一起加油吧！」

芸芸感覺比我更有幹勁耶。雖然嘴上說了那麼多，但女生果然都對戀愛相關的事情很有興趣呢。

我也稍微努力看看吧。

「請問，是不是能請你們點餐了？還有，請安靜一些。」

從旁介入我們對話的人，是太陽穴上冒著青筋仍努力壓抑怒火，臉上掛著專業笑容的女服務員。

這麼說來這裡是咖啡廳呢，聊的太專心都忘了這件事。

「對、對不起！那個，不然就點個二人份推薦套餐吧？」

「妳在說什麼啊？不要擅自幫我點餐！當然如果妳要請客我是可以吃啦，但這樣還不如找間更像樣的店順便請我喝酒。附帶一提，即使要我付錢我也沒錢就是了。」

「託那個無能老闆的福，吾現在手頭很緊，所以不打算付多餘的開銷。而且考慮到成本，比起在這種靠裝潢賺取暴利的店消費，買材料回家自己煮還更加划算。」

聽到我和巴尼爾老大老實說出內心的想法後，女服務員臉上浮現出血管。她深深地吸了一口氣，用力瞪著我們開口：

「請你們立刻離開！」

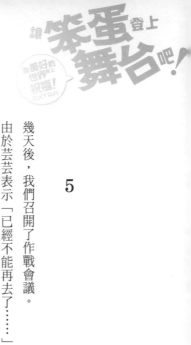

# 5

幾天後，我們召開了作戰會議。

由於芸芸表示「已經不能再去了……」，不願意去先前那間咖啡廳，沒有辦法的我只好選擇能夠免費使用，而且大家都很熟悉的地方——雜貨店的門口作為集合地點。

由於巴尼爾老大忙著處罰老闆，所以要晚一點才過來會合。

「雖然目前還沒收集到完善的情報，不過達克妮絲小姐似乎沒什麼物欲，這可是我從惠惠那邊得到的確切消息喔。據說被問到想要的東西時，她是回答『硬要說應該是武器和防具』。不過這方面也因為收到新的鎧甲作為討伐魔王軍幹部的報酬，所以我覺得效果會不太好。」

「哦～～是這樣啊。」

芸芸還真是有夠認真耶。明明跟自己無關，卻非常認真地幫忙做了調查。

感覺她因為總是孤單一人，所以有人請她幫忙讓她很開心吧，只見芸芸非常雀躍地發表著她情報收集的成果。

「還有還有，達克妮絲小姐似乎很討厭別人叫她的本名拉拉蒂娜。所以無論如何，都請你不要用本名稱呼她喔。」

「哦～～哈呼哈呼。」

「喂，達斯特，別吃我便當的配菜！」

「大叔你實在有夠小氣耶，這又不會怎樣。我可是從昨天開始就什麼都沒吃耶！」

真是夠了，只是配菜被奪走就牛氣，真是幼稚。真希望你能成為那種只要看到有餓著肚子的年輕人，就會主動請他吃飯的偉大大叔呢。

「由於很可能無法靠物品吸引她的目光，所以送花束說不定比較妥當。畢竟女孩子收到花束都會很高興。」

「哦～～好，那個也是我的了！」

「哼，怎麼可能讓你得逞。」

可惡，大叔靠著出乎意料的靈敏動作守住了配菜，真沒想到他連在雜貨店狹窄的店內都能順利躲開。

那麼我也展現出自己靠冒險磨練的技巧吧，就讓大叔好好認清我們的等級差距。

我對準便當盒裡的配菜發動了連續攻擊。然而大叔就彷彿能預料我的行動般，輕巧地退了幾步拉開他跟我之間的距離。

「我可是日日夜夜都在跟小偷及奧客戰鬥，你可不要小看我的實力。」

「你還真是厲害呢，大叔。那我也只能拿出真本事了。」

我朝著打算死守便當的大叔一步步逼近。

這位大叔的動作毫無破綻，難道說他原本是冒險者？

「你到底在做什麼！有認真在聽我說話嗎？」

「事情都變成這樣了妳還看不懂嗎？我現在正在忙，妳的情報我之後再聽。」

「你這傢伙每次都把別人的店面當成自己的集散地！這裡沒有任何給你吃的東西！連一粒米都沒有！」

撂下狠話後，大叔就在我的面前將剩下的便當一口氣吃光了！

「你這個混蛋！那可是我貴重的能量來源啊！」

「講什麼鬼話，這些全都是屬於我的東西。話說這位小姐，如果跟這種小混混走得太近，只會讓妳的人生變得一塌糊塗喔。無論如何，都別再靠近達斯特了。」

大叔擺出一副令我不寒而慄，極度不適合他的溫柔表情把手搭到芸芸的肩膀上……這是性騷擾喔。

「非、非常感謝你願意像這樣擔心我，但是……那個……好歹……即使只是假設，我和達斯特先生也是名義上的朋友。」

「達斯特……雖然我從以前就覺得你是個人渣，不過你到底幹了什麼喪盡天良的事……」

大叔不但用顫抖的手指指著我，還露出至今不曾出現過的冰冷目光。看來他徹底誤會了。

「喂喂，不要誤會我好嗎？我只是因為看這個落單的傢伙很寂寞的樣子，所以才當她的朋友而已！」

「小姐，這傢伙就像是用來擺在人渣展示會上的樣品。要是跟他走得太近，會在不知不覺間感染達斯特細菌，讓妳從精神上變成廢人，所以千萬要小心啊。」

「很好，大叔，給我出來輸贏，我要矯正你那個已經腐爛的本性！」

「如果說我的本性已經腐爛，那你還沒爛到回歸塵土也未免太奇怪了吧？」

就在我跟大叔的額頭撞在一起互不退讓時，芸芸從旁介入用力想把我們兩人拉開。

「夠了，請兩位都適可而止！」

「看來你撿回一條命了，大叔。看在這傢伙的面子上，我今天就放過你吧。」

「那是我要說的吧。你不要再來了！但如果是小姐自己來，我就很歡迎喔。」

大叔揮揮手要我滾到一邊去，我才剛豎起中指比回去，就被芸芸拉著手臂拖開，我只好不情不願地離開雜貨店。

在朝著大街移動的途中我回過頭，就發現芸芸的臉頰如同松鼠的頰囊般鼓了起來。她是在嘴裡塞了什麼食物嗎？

「真是夠了，為什麼達斯特先生無論去哪裡都要引發問題啊！」

「我才沒有引發問題呢，明明是別人擅自造成騷動。」

「竟然毫無自覺，看來已經沒救了……」

又是細菌又是沒救，這些傢伙還真是想說什麼就說什麼耶。如果不是芸芸目前正在協助我，我絕對要好好懲罰她。

啊，不過這傢伙畢竟還是個小鬼。雖然發育得很好，但我跟和真不同，可不是蘿莉控。

「那個，你剛剛是不是在想非常失禮的事？」

「別在意。然後妳剛才說了什麼？」

「所以說，你對達克妮絲小姐有沒有什麼新的認識？你應該有調查過吧？」

「啊，那個啊。因為我忙著奉承和真要他請客，都完全忘了這件事。」

「你又讓和真先生請客……」

「還不是因為那群人都禁不起奉承。畢竟輕鬆就賺了大錢，所以也很簡單就願意請客。人果然就該結識這麼大方的朋友啊。」

「算了，我已經沒有力氣去吐嘈了。我也差不多學會『不該對達斯特先生抱有期待』這件事了。」

妳不用垂頭喪氣失落成這樣吧？那麼一來不就搞得好像我很沒用了嗎。就不能別去在乎細節，活得更加豁達嗎？

「哎呀，看來吾錯過能品嘗負面感情的時機了。」

「嗨，老大。你的事情都處理好了嗎？」

巴尼爾老大今天也是一副引人注目的打扮呢。

雖然老大很適合燕尾服及白手套，但是那副面具實在太過可疑，何況他今天還穿了一件粉紅色的圍裙。

這副打扮原本應該會被好奇的眼光圍觀，但這座城鎮的居民都早已習慣，所以沒人在意。

「因為吾用巴尼爾式殺人光線將她烤得恰到好處，所以沒問題。」

「我覺得充滿了問題耶……」

「如果那傢伙會因為那種程度就掛掉，那吾也不會這麼辛苦了。」

說起來魔道具店的老闆雖然是個大美女，但似乎是個廢物。聽說她擁有能將巴尼爾老大賺來的錢全都轉為冤枉錢的特技。明明身為大惡魔，老人也是很辛苦呢。

我們三人有一搭沒一搭地邊走邊聊，等回過神時已經走進暗巷當中。

一般來說這種地方似合用來痛毆找碴的小混混，偶爾也能從丟棄的垃圾中撿到好東西，所以我經常會過來。難道我是下意識就往這邊走嗎？

「啊！你把我帶進這種暗巷究竟打算對我做什麼？難道因為我們成為朋友，你就打算強占我的身體嗎！我才沒有那麼隨便呢！」

為了保護身體，一臉驚恐的芸芸緊緊抱住了自己。

「別鬧了。我怎麼可能對毫無魅惑度可言的臭小鬼出手啊！」

「啊！你竟然說我是臭小鬼！跟惠惠相比我發育得要好多了，請你更正那段發言！」

「這個臭小鬼還真是麻煩耶！老大，你也幫我說些什麼啦！」

突然被我點名的巴尼爾老大輕輕歪過頭，用手抵著下巴陷入沉思。

接著他啪地一聲拍了手，在點了幾次頭之後說道：

「唔嗯。因為在戀愛上被摯友遠遠甩開而感到焦急的女孩啊，汝的朋友最近將會取得相當不錯的進展喔。」

「這、這是謊言對吧？咦，那個『不錯的進展』究竟是到什麼程度？」

「真的嗎，老大！和真那個混蛋，他打算比我早一步踏上大人的階梯嗎？」

看到我和芸芸情不自禁開口逼問，老大的嘴角浮現出邪惡的笑容。

這個發展是……

「真是美味的負面情感啊。不用擔心，那個到了關鍵時刻就會退縮的男人，不會立刻就有什麼太大的進展。」

「太、太好了。要、要是真的接吻了，那惠惠肯定會跟我炫耀。」

「妳是在擔心接吻喔……」

「如果汝是刻意這麼說，那麼吾應該會譴責汝吧，不過吾也不相信這是汝的真心話。」

「呃，咦？我說了什麼奇怪的事情嗎？」

「先不要管小孩子了，請詳細告訴我和真他們的進——」

「你、你們在做什麼！」

這時暗巷中突然響起女性的聲音。

雖然那個語氣比起慘叫感覺更像是在喝罵，不過是年輕女性的聲音。

「剛才那道聲音的來源應該是在對面！」

「了解！」

我當機立斷往聲音來源衝了過去。巴尼爾老大和芸芸也從後面追了上來。

「我好意外喔。達斯特先生竟然會毫不猶豫就去救人。」

「嗯，吾原本以為汝會嫌麻煩選擇無視呢。」

「我下次再仔細詢問你們到底是怎樣看待我，但這是理所當然的行為吧。這裡可是那種地方喔！無論對方是被小混混或色狼纏上，都肯定是發生了犯罪行為。只要趕去搭救，不僅能從女性那邊收取謝禮，如果一切順利甚至能搭訕對方。再加上可以從被打倒的小混混那邊搜刮錢財，這完全是一舉數得吧。」

「哇、哇啊……」

「真是個深深符合惡魔喜好，理想中的小混混呢。」

我沒有急著現身而是潛伏在暗巷的轉角後方，暗中觀察聲音的來源。

一名女性正遭到數名蒙面人包圍。其中兩人拿著短劍，還有一人握著長槍，遇襲的女性沒有穿戴鎧甲，手上也沒有武器，只是面露恐懼……恐懼……喂，她感覺很高興耶，甚至可以說非常愉悅。

……為什麼達克妮絲會出現在這種地方啊？

「必、必須去救……」

「噓，再稍微觀望一下。」

「由吾出手搭救未免太不識趣了，吾就在一旁看戲吧。」

芸芸才剛追上來，我就立刻摀住她的嘴巴讓她閉嘴。

對方的人數實在太多，再加上達克妮絲看起來也沒有受傷，所以我們也不用急著跳出去。

雖然對巴尼爾老大而來說，那種程度的對手根本不算什麼，但是他似乎不打算出手。畢竟身為大惡魔的巴尼爾老大會隨著心情行動，所以太依賴他反而會吃大虧。

因為感覺沒有人注意到這邊的動靜，我決定豎起耳朵暫時觀望接下來的狀況。

「你們打算做什麼！」

「妳就是拉拉蒂娜大人對吧？」

「知道我的身分仍做出這種犯行嗎！你們究竟有什麼目的！」

「那個就要請妳之後自己去問妳的父親了……如果還想要平安跟家人團聚，能請妳老老實實跟我們走一趟嗎？」

看來這是比想像中還要嚴重的大事呢。明知達克妮絲是達斯提尼斯家的千金依然動手襲擊，這表示對方的目的如果不是權力爭奪，就是打算勒索贖金。

「……真麻煩。」

「咦？你剛剛說了什麼？」

哎呀，不小心講出真心話了。雖然經驗告訴我，最好不要跟貴族的糾紛有所瓜葛，但是也不能裝作沒有看到。

「抓住我之後你們打算做什麼！」

「呵呵呵，這就要取決於妳的態度了。」

「難道你們打算將我當成威脅父親的手段，邊說不會加害我邊強行將我的衣服割開，並且將過程全都拍成照片保存嗎！」

「……啥？」

「接著為了防止我逃跑，你們打算在大眾面前展示我幾乎全裸的模樣，將麻繩綁在我的脖子上，要我爬行阿克塞爾城鎮一圈對吧！這是何等卑劣的發想！」

「……咦？」

雖然因為他們都蒙著臉看不到表情，但連我都能感覺到這群人正在動搖。真是可憐，他們因為不知該如何是好，所以顯得相當狼狽呢。

這群人肯定沒有想到自己打算綁架的千金大小姐會是這副德性吧。

「看來還是過去幫忙會比較好吧？」

「這個……真的很難說呢。」

「吾只能從最近開始在意起腹肌的女十字騎士那邊，感覺到喜悅的情感耶。」

我的心情跟不知所措的芸芸一樣。如果相信巴尼爾老大的判斷，那過去幫忙也只是多管閒事……

當事人的癖好先放著不管，目前的狀況的確相當危險。

要是放過了這場綁票事件將會引起大騷動。而且和真總是在請我，怎麼說我也欠他一個人情。這種時候怎麼樣……也不能見死不救。

「我將會在這種骯髒的巷弄中，被素不相識的男人們為所欲為嗎！呼、呼……但是我身為騎士，絕對不可以這麼簡單就屈服！」

後半句我覺得根本毫無說服力。

看到達克妮絲的眼神中透露著期待，嘴角也鬆懈到幾乎快要流出口水……讓我漸漸不想上前幫忙。

那群蒙面人同樣也是不知所措。被逼入絕境的一方敞開雙手邁步前進，蒙面人反而向後退開。

這能稱為一進一退的攻防戰嗎？

雖然覺得放著不管也不會出事，但我卻在這時想起了我們最初的目的——要讓達克妮絲見識我帥氣的一面。

「來啊，怎麼了！你們就只有這點程度嗎！我這個弱女子現在毫無防備，這時候你們禮貌上應該要襲擊我吧！快讓我見識一下你們身為壞人的尊嚴啊！」

弱女子？這裡有這種存在嗎？

「喂，這傢伙真的是貴族的千金大小姐嗎？」

「雖然跟我拿到的照片長得一樣……但也有可能只是長得很像吧……」

那群蒙面人開始變得疑神疑鬼了。不過話說回來，我真的是太小看達克妮絲的變態程度了，想跟這種人交往什麼的根本就腦袋有洞。

「怎麼了？是在害怕手無寸鐵的女人嗎！難道你們打算要我自己親手一件一件脫下衣服，用行動表示我不會反抗嗎！是先從上衣開始嗎！還是要先從鞋子開始！」

如果她真的打算脫衣服，那我就晚一點再去救人吧。

「不了，我們沒有那種興趣。」

「看到那種過度成熟的身體也沒意思吧？」

「就是說啊。」

這群人是怎樣？為什麼突然冷靜下來了？

就連情緒高漲的達克妮絲也因為對面的態度變得不知所措，不再繼續吐露自己的妄想。

雙方的視線交錯，現場充斥著詭譎的氣氛。

「我覺得已經可以回去了。」

「唔嗯。看來不會有比目前更加有趣的發展了。吾能從那些男人那邊感覺到相當複雜的負面情感。這是……不悅的情感啊。」

「那個，這姑且算是少女的危機吧。如果她真的被綁架那事情就不妙了。」

芸芸說的也沒錯……如果這是特殊玩法那直接無視也沒關係，但是綁票我就無法接受了，趁現在攻其不備應該能打倒兩個人吧。

「那我現在就衝過去，萬一局面變糟了妳要來幫我。」

「好的，這當然沒有問題……但是我用魔法趕跑他們應該更快吧？」

「這樣我就沒辦法賣人情給達克妮絲了。即使狀況不妙妳也要等到最後一刻才出手啊，拜託妳了。老大怎麼打算？」

「由吾出手未免太無趣了吧?就讓吾旁觀吧。」

我早就預料到老大不會出手。

趁著那群蒙面人的注意力都在步步逼近的達克妮絲身上，我用入鞘的劍放倒了背對我的兩個人。

「你、你是什麼時候!」

「這不是達斯特嗎!」

「喔，我來救妳了。」

「……就算再晚一點來也無妨啊……」

我向吃驚的兩人輕輕揮了揮手。雖然能聽見達克妮絲的低聲細語，但這也在我的預料之中，所以就當作沒聽見。

蒙面人無視達克妮絲，並將槍尖對準了我。

長槍啊。雖然一般人都覺得長槍在狹窄的巷弄內會被長度干擾很難揮舞，但要是以突刺作為主要攻擊，敵人也會因為沒有閃避空間無法靠近自己……如果是長槍手應該會這麼思考吧。

「要是敢礙事，我就用這把槍刺穿你!」

對方的架勢相當到位，看來他對自己的本事很有自信。

面對這樣的對手，我將收到鞘中的劍扛在肩上，漫不經心地前進。

「看來你很想死呢！喝啊啊啊！」

槍尖伴隨尖銳的吶喊向我刺出，我則是揮動劍鞘使其偏移軌道。

真是可惜。如果你的武器不是長槍，說不定還有那麼一點點能夠打倒我的可能性呢！

雖然因為戴著面罩使得我看不到他的表情，不過他應該是因為吃驚當場愣住了吧。當我對準他的眉心準備揮劍時——

「頭目！」

聽見後方傳來一道破風的聲音，我的身體立刻就往一旁跳開。

箭矢就這樣掠過我的側腹刺入地面。

回頭一看，發現眼前有三名新來的蒙面人從另一條路出現！

「來得正好。你們快把那個小子解決掉！」

「這下不妙了。果然不該抱持什麼奇怪的正義感啊。」

正面迎擊這麼多對手實在相當吃力。就算想逃，在被包夾的狀態下我也無路可退。

而且雖然很有可能是錯覺，但是我能感受到帶著殺意的視線正從某處傳來。還有其他厲害的同夥啊……

該向芸芸尋求協助嗎？但是這麼一來，功勞應該會被她全部搶走吧。

「你原本是打算出來耍帥吧，真是太可惜了。」

那副面罩底下肯定堆滿了笑容。光是聽到那道令人不爽的聲音，我就彷彿能看見他愉悅的表情。

好啦，該怎麼辦才好呢？這時候我應該要展現出聰明才智，好讓自己的股價繼續提升吧？

「哼。如果你們立刻夾著尾巴逃走，那我就放過你們。」

「哈，你是搞不清楚清楚現在的狀況嗎？你靠著偷襲打倒的那兩個人也差不多……喂，快給我起來！」

「唔，該死的傢伙……」

連倒地的兩人也復活了。六對一已經不是棘不棘手的問題，而是根本不可能有勝算。

雖然我用視線向正在巷子轉角偷看的芸芸發出求救信號，她卻悠哉地揮手幫我加油。

這傢伙完全不懂我意思啊！難道她就是因為不識相才交不到朋友嗎？

啊啊可惡！既然老大和臭小鬼都無法依靠，那我也只能自力更生了。

「夠了。就算只有你也好，快逃吧！我早就想說說看這個台詞了。嗯，感覺真不錯！」

達克妮絲，在妳這麼高興的時候潑冷水真是抱歉，但目前看起來是逃不掉了。這麼一來，我該做的就只有一件事！

「你們以為老子是誰啊！老子可是打倒了魔王軍的幹部，還想出方法破壞掉那個機動要塞毀滅者的人物……和真啊！」

靠虛張聲勢蒙混過去！抱歉了，和真。現在就讓我借用一下你的名字吧。

「頭目，我有聽說過這名字。說是打倒了魔王軍幹部，無頭騎士貝爾迪亞的冒險者。」

四周立刻泛起一陣騷動。這群人果然不是這座城鎮的居民。看到我這個在小混混當中也算有頭有臉的人物卻沒有任何反應，就表示他們其實是外來者。

那麼，現在只要靠和真的英勇事蹟狐假虎威——

「等一下，剛才那邊那位拉拉蒂娜小姐不是叫你達斯特嗎？」

「……那是你的錯覺吧。」

「不，我確實用這對耳朵聽到了。」

糟糕啦啊啊！這麼說來，達克妮絲的確叫了我的名字。可惡，這下搞砸了！

「呃，那也是騙你的——」

「你以為這招會管用嗎？夠了，快點把他解決掉！」

這下實在不妙了。難道真的沒有退路或是落跑的方法嗎！

「就是這邊！警察先生，就是這邊！壞人就在這裡！」

「什麼，有壞人嗎！」

某位女性以及警官的聲音響徹巷弄，這群人也立刻有所反應全都轉過頭去。

天助我也！那是芸芸的聲音吧，比起用魔法助陣，那傢伙選擇了這種方法來襯托我的活躍嗎！她明明就很上道啊！

芸芸從暗巷裡衝了出來，在她後面還跟著三名並排成一列的警察。

「嘖，撤退了！立刻逃跑！」

那群背對著我逃進暗巷裡的蒙面人就交給警察去處理，我沒有必要冒著危險追上去。

那道危險的視線也已經消失，看來就算鬆懈下來也無妨了。

「呼哈……實在好累啊，果然不該做這種不習慣的事情。」

「達斯特，其實再放置我一段時間也無妨，不過非常感謝你來救我。雖然我對你的印象就只有會跟和真一起幹蠢事，但你意外的也是有優點呢。」

「『意外』是多餘的形容啦，不過妳就別客氣了。」

這傢伙明明是貴族卻願意低頭道謝嗎？真希望其他的貴族能好好向她學習。

「達斯特先生，你沒事吧？」

芸芸盡全力往我這邊跑了過來。雖然她拖到最後一刻才出手幫忙，但我還是道個謝吧。

「剛剛真是多虧妳找了警察過來才能得救。」

「啊，那其實是騙人的，我沒有找警察過來喔。」

「啥？那裡不是站著三個警察嗎？」

穿著制服排成一列在那邊整隊的三個人，不管怎麼看都是警察啊。

「啊，那個是巴尼爾先生。」

「是由吾化身而成的警察是也。」

中間那名警官的聲音確實是巴尼爾老大，但剩下的那兩個呢？

那兩個站在老大旁邊，容貌還長得一模一樣的人到底是誰？

「然後，這是吾脫皮後留下來的空殼。因為用細棍將手腳連接起來，所以能夠做出跟吾相同的動作。」

偽裝成警官站在中間的老大一舉起手，他身旁的兩個空殼也跟著舉起手……那東西意外地靈巧呢。

「真是幫大忙了啊，老大。」

「要是讓汝這種擅長引發負面情感的人死去，吾也會很困擾。」

「嘿嘿，被誇獎成這樣我會害羞啦。」

「這真的……是在誇獎嗎……」

我無視歪著頭感到疑惑的芸芸，朝那群人逃跑的方向做了確認。

感覺不到任何人將從巷弄深處現身的氣息，那道不舒服的視線也消失了。

總而言之這次的事件算是告一段落了。唉，雖然白費了許多功夫，不過這也沒辦法，接下來應該可以開口要求救人的謝禮吧？

「喂，達克妮絲，關於我搭救妳的謝禮——」

**「請問妳願意跟達斯特先生交往嗎？」**

出現在我眼前的是大吃一驚的達克妮絲。

我大概也是露出同樣的表情吧……這個臭小鬼到底在說什麼啊？

「怎、怎麼回事？芸芸？還有巴尼爾也在？」

看見解除變身的巴尼爾老大，達克妮絲瞪大了眼睛。

「其實，達斯特先生從以前就喜歡達克妮絲小姐，他今天也一直在尋找告白的時機。結果卻碰巧撞見剛剛的狀況……」

喂、喂、喂喂，喂喂喂喂喂喂！這傢伙依然誤以為我想要搭訕達克妮絲嗎！等等，等一下，老實說我已經不想再跟這女人有所牽扯了。

「咦？是這樣嗎……原來你是那樣看待我的啊。」

不要害羞地扭動身體！也不要在那邊偷瞄我！

臭小鬼也不要擺出「我幫上忙嘍！」的態度，一臉得意地豎起大拇指！

「我、我很高興你有這份心意。但我在意的……不、不對！我很擔心和真他們。如果我不在，真不知道他們會做出什麼蠢事。所以，現在不是談戀愛的時候。」

為什麼我明明沒有告白卻被甩了啊……

「還會有下一次相遇喔！你要加油！」

喂，住手。別鼓勵我啊。這樣不就像是我真的被拒絕了嗎！

達克妮絲也不要一臉歉意地看著我啊！別這樣！

「該怎麼說呢。先不說我，如果你真的想受女性歡迎，那最好多注意平常的言行喔。」

為什麼我要被變態用居高臨下的態度給建議啊？

「就是說啊。另外就是在修養跟金錢觀方面最好不要那麼邋遢。」

連擅自暴衝的芸芸也得意忘形起來。

「呼哈哈哈哈！真沒想到形成如此滑稽的展開！」

「老大，你也高興過頭了！」

啊——！越來越令人火大了！

「別開玩笑了！誰會喜歡達克妮絲妳這種幾乎快出現腹肌線的肌肉變態啊！芸芸也一樣，明明就沒有能聊戀愛話題的朋友，少在那邊講得好像自己有多懂男女關係！根本全都是從書上現學現賣吧！」

將不滿徹底爆發出來後，心情總算是舒暢多了。啊～～果然不該一直累積壓力呢。看來這兩個傢伙也被我的怒火所壓制，畏畏縮縮地閉上了嘴巴——

「喂，你再說一次看看。究竟是誰有腹肌線啊……」

「戀愛……朋友……」

「等、等等，是我說的太超過了。冷靜，請冷靜一下，把妳撿起來的短刀放下好嗎？還有，在城鎮中使用魔法會引發各種問題喔。好啦，這只是所謂的措辭問題吧？我們應該要平和地對話——」

「我要宰了你！」

「我、我、我還是有可以聊戀愛話題的朋友！」

「這真是美味的負面情感！」

就這樣，我浪費了整整半天時間，才總算從眼角泛淚揮舞著魔杖和武器的兩人手中逃脫。

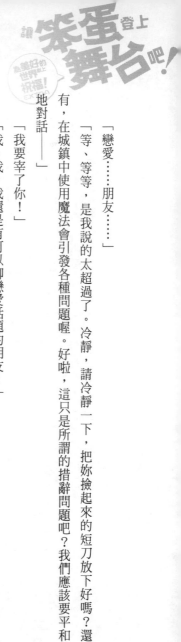

# 第五章
# 那個夢魔與敵對勢力

## 1

「聽好了，不能只顧著提升露出度，重點在於害羞感。」

「害羞嗎？但是男人不都很喜歡裸體嗎？」

「我們的確不討厭裸體。不過到脫光為止的過程也很重要。而且如果有若隱若現的部分將會提升期待的程度，這可是能讓興奮感倍增的情色香辛料喲。就算要脫衣服，也千萬不要忘記裝模作樣。還有如果不是自己動手而是讓對方來脫，那更是加分。」

「受教了！」

蘿莉夢魔專心傾聽我的建議同時記著筆記。

認真向學是件好事。雖然她在情色表現上還有不成熟的部分，但是在我的指導下，她肯定可以成為超一流的夢魔。

「你們真是夠了……別在我的店門口討論那種猥褻的事情！」

氣得滿臉通紅的雜貨店大叔向我們發出怒吼。這個大叔還是老樣子，度量實在有夠狹小。
「我也沒辦法啊，誰教那間店現在不能進去。」
「不好意思，給你添麻煩了。」
其實根本不需要跟大叔道歉，蘿莉夢魔總是在一些奇妙的地方特別有禮貌。
「你這次又騙了別的女孩嗎！這位小姐，不可以和這個人渣來往喔，這傢伙會連妳的骨髓都吸乾，不停從妳身上榨取好處。」
「喂喂，雖然你每次都把我當成壞人，但是我跟這傢伙可是互助互惠的關係啊！啊～～我受傷了～～我纖細的心靈幾乎要破碎了！」
「哼，等破碎之後就會出現長著鋼鐵刀刃的心臟吧？」
「兩位的感情還真好。」
「「好個屁！」」
我跟大叔異口同聲地說道。
我很清楚，這傢伙其實每天都打著呵欠在顧店，有人能陪他打發時間，他內心其實非常高興。明明是大叔竟然是個傲嬌。
「真是的，別說這種莫名其妙的話。我要回去店裡了，你們也趕快離開。」
大叔說完就轉身離去。礙事者消失後，耳根子總算是清靜了。

「大叔走的正是時候。我剛剛就想問妳，為什麼那間店這幾天大都沒有營業啊？」

夢魔店這幾天不知為何一直都沒有營業，包括我在內的男性冒險者們全都慾求不滿到快爆炸了。

「關於這件事……到了這個節骨眼，就算是達斯特先生也無所謂了，你能不能幫我們想想辦法呢？我們一定會好好道謝。」

「哦？麻煩事就交給我來解決吧。如果是跟小混混有關的問題，那我的面子還算管用，一定可以把問題處理好。」

「跟小混混無關。我們面對的是更麻煩的組織……」

蘿莉夢魔只說到這裡就閉上嘴巴，雙眼緊緊盯著我。

她認真的模樣彷彿是在表示一旦繼續聽下去我就無法回頭了。

不要小看我。無論面對什麼對手，老子達斯特都無所畏懼。

「嗯，趕快告訴我吧。不管對手是誰都放心交給老子吧！」

「既然你都這樣講了，那我就繼續說下去嘍。那個團體是由女性所構成的恐怖組織……

『女性婚期保護協會』！」

「……啥？」

由於聽見意料之外的名稱，使我發出很蠢的回應。

女性……婚期保護協會？婚期就是指那個吧，那個叫作適婚年齡的東西。

「女性婚期保護協會？這個莫名其妙的組織和夢魔店有什麼關係？」

「關係可大了。你知道阿克塞爾城鎮的冒險者單身率很高嗎？不僅如此，就連情侶都很少喔。」

「是喔……這麼說來，我認識的冒險者當中，的確幾乎沒有已婚或是有戀人的傢伙。」

我的隊友泰勒、奇斯以及琳恩都單身。也幾乎沒有聽認識的朋友聊過這類話題。

我原本以為冒險者就是這種存在，不過連有一定年紀的大叔冒險者似乎也都單身……

「總之，我現在知道這裡有很多單身漢了，但是這跟夢魔店有什麼關係？」

「當然有關係。阿克塞爾是許多新手冒險者滯留的城鎮，而且男性冒險者大部分都有來光臨我們的店。畢竟我們店裡的客人只需要支付相符的金額跟男性的精氣，就能在夢中得到夢寐以求的性生活，性慾也能獲得宣洩。」

「嗯，是啊。每次都受妳們照顧了。」

「謝謝惠顧。總之男性冒險者大半的性慾都因此得到滿足，那個……一旦男性的性慾降低，對女性的需求自然也會減少對吧？最後的結果，就是積極追求伴侶的人數銳減。雖然男性可以透過我們的店宣洩慾望，但是女性就沒有辦法這麼做了。即使已經過了適婚年齡依然小姑獨處，只有不滿的情緒持續累積……集合這樣的女性們祕密成立的組織，就是那個女性婚期保護協會。」

「竟然還有這種組織，就連我也是第一次聽到。」

「就跟我們的店只有男性冒險者知道一樣，那似乎也是只有接近婚期，或是已經過了婚期的單身女性才知道的祕密組織。」

就和我們隱瞞了夢魔店的存在一樣，女性之間也有男性不知道的祕密啊？阿克塞爾這座城鎮果然不容小覷。

「那個女性婚期保護協會似乎掌握了某些情報，正在懷疑我們的店，最近經常有喬裝過的關係人士在我們的店附近徘徊。」

「還真是被麻煩的團體給盯上了。」

「是啊。由於在店裡只有請大家填寫調查表，表面上只是沒有任何可疑之處的咖啡廳，所以才能順利蒙混至今……但是明天警察好像會來店內搜查，所以我們正在討論對策。」

「喂喂，這真的是不太妙呢。是那個組織去告密的嗎？」

我這麼一問，蘿莉夢魔就愁眉苦臉起來。

這到底是肯定還是否定啊？

「我們一開始也是這麼認為，所以打算去拉攏高層人員。」

「如果是受到夢魔誘惑，即使對方是警察也會立刻被攻陷吧。這真是不錯的主意。」

如果夢魔說只要這次放她們一馬今後都可以打折，那對方的態度肯定會立刻改變吧。是我的話肯定會果斷接受。

「話雖如此……但是負責指揮這次行動的是一位女性檢察官，而且她似乎還是女性婚期保護協會的會長。」

「真的假的……？」

「是真的喔。雖然對夢魔而言，即使對方是女性也可以用魅惑來進行控制。但是對方跟警察有關連，而且又是女性婚期保護協會的會長，如果態度突然轉變會非常可疑吧？加上該組織的會員中也有祭司，魅惑很可能會被解除。」

無論是艾莉絲教或阿克西斯教都非常討厭惡魔。萬一夢魔身分曝光，教團肯定會傾全力討伐她們。

「那個會長究竟是誰啊？」

「會長的名字……好像叫瑟娜。」

嗯？……我知道那個傢伙。是那個有著一頭黑色長髮，唯一的優點只有胸部很大，性格非常難相處的檢察官。

那傢伙在審判和真的法庭上叫我小混混，是個非常討厭的女人。

「這麼一來妳們就無法籠絡高層了。不過讓他們去搜查也不會怎樣吧？店裡不是沒有任何可疑之處嗎？」

「是沒錯。但瑟娜檢察官很可能……會把那個測謊用魔道具帶來。一旦用了那個……」

「是那個該死的魔道具嗎！因為完全不相信我的說詞，警察在審問我時一定會使用的那個嗎！每次都叮叮叮叮吵得要死……那個真的很不妙啊。」

「嗯……所以我想問問達斯特先生是不是有什麼好辦法。」

即使調查店內應該也找不到什麼可疑的證據。雖然我覺得該把調查表處理掉，然而服務畢竟是在夢中進行，根本不可能找得到物證。

所以最大的問題……就是那個魔道具了。那群笨警察打從心底相信該道具的判斷。要是有什麼能蒙混過去的手段就好了。

「如果一切順利，我應該能收到謝禮之類的吧？」

雖然受到她們諸多照顧，但我也不打算當慈善家。

「就知道你會這麼說。關於這點，不然讓你免費光顧本店一星期，這樣如何？」

「很好，交涉成立！」

## 2

經過縝密的部署後，我在當天以客人的身分上門光顧。

突襲搜查的情報是由警察內部人士外洩給店家，對方是後來當上警察的前冒險者，至今仍是夢魔店的常客。警察那邊應該作夢也想不到這間店會在事前得知搜查的情報吧。

只有今天，這間店偽裝成聽取男性冒險者的煩惱與牢騷，幫他們出主意的占卜屋。雖然表面上只是咖啡廳，但有暗中幫冒險者們進行占卜——以上就是我們這次的設定。

說謊的訣竅就是要在謊言中混入部分真實，這麼一來謊言將更難被看穿。本作戰是將操作夢的部分替換成占卜，好讓講法更具有真實性。

夢魔們也都穿上普通服務生的制服，像是一般店員一樣服務客人。

因為只有我一個客人肯定非常奇怪，所以蘿莉夢魔事前從常客中挑出一個人，讓對方以客人的身分坐在稍遠的座位上……這是無所謂啦，不過那傢伙是誰啊？

如果只是穿著華麗也就算了，令人在意的是對方頭上——戴著頭盔。由於那是將整張臉都遮起來的頭盔，讓他跟現場非常格格不入。

「喂，那傢伙是怎樣？」

我向打扮成女服務生坐在我面前的蘿莉夢魔小聲問道。

「那是其中一位常客，也是進行達斯特先生的作戰不可或缺的人物。由於那一位是貴族，所以長相不能曝光。」

「就算是要把臉藏起來，這個做法也未免太誇張了吧。而且那頂頭盔……跟我先前賣掉的好像喔。」

「那是很常見的設計吧？對我來說就只是一頂經常在武器防具店看到的頭盔喔。」

我以前戴的那頂頭盔的確不是什麼獨一無二的設計，所以這件事就先不管了。不過只是要把臉遮起來為什麼要戴頭盔啊？這樣反而會更加顯眼耶。

「你剛剛說那傢伙是執行作戰不可或缺的人物，難道頭盔男有什麼能搞定那個的東西？」

「是的。那個人帶著某種魔道具，能夠干擾甚至反轉測謊用魔道具的判定。那好像是非常稀有的高級魔道具，在貴族之中很受歡迎。」

「哦——還真是骯髒，不愧是貴族大人，他們是把那當成不讓自己惡行曝光的對策嗎？」

這是很有可能的事。對貴族來說，那個測謊用魔道具是非常麻煩的存在，當然會去準備應對的方法。

「請不要說這種話。那一位可是很爽快地就答應協助我們的作戰喔。」

「這樣啊。雖然也有很多令人不爽的貴族，但是願意幫忙自然就另當別論了。」

「畢竟對方願意協助我們，就算有什麼內情也完全不用在意。沒錯，不可以在意喔。」

蘿莉夢魔竟然特意強調不要在意，這根本就是在說這傢伙別有隱情啊。

「……唔，這是怎樣？」

感覺到視線的我一轉過頭去，就看到頭盔男似乎很在意地盯著我看……由於看不到表情，讓我覺得有些毛骨悚然。

不過……雖然無法直接看見，但是那道視線讓我有種背脊發涼的奇妙感覺。那傢伙是在揣測我有沒有協助的價值嗎？

「大家準備好了嗎？警察來嘍！」

聽到衝進室內的夢魔如此宣告，所有人立刻回到自己的崗位。

今天的方針已經傳達給全體人員，接下來就是看我們怎麼瞞過那些警察了。

## 3

「統統不准動！我們是警察！」

眼神銳利的女檢察官瑟娜用力打開門闖了進來。

跟隨在後接連闖進來的警察也全都是女性……感覺這些女警有些奇怪耶。該說是鬼氣逼人嗎？她們每個人的眼裡都充滿了血絲。

「……警察當中好像也有幾位是女性婚期保護協會的成員。」

蘿莉夢魔在我耳旁低聲說明，這樣我就能理解了。是一群跟瑟娜一樣即將走投無路的人啊。夢魔們全都裝出困惑的模樣，老老實實聽從警察的命令……她們的演技真棒，這群夢魔果然都有成為演員的天賦。

在那群警察當中，有一位胸部很大，帽沿壓得很低的女性……明明看不到她的臉，卻不知為何令我很在意，她比其他人都要認真地搜查著店內，總覺得我好像在哪見過這個人……？

「還沒找到證據嗎？」

喔喔，瑟娜開始焦急了。她可能認為這裡是違法的風月場所吧。真是可惜。雖然妳沒有弄錯，但是這裡沒有任何能當成證據的東西。

「奇怪了！冒險者們肯定都有都在光顧這間店啊？」

「露……咳咳，難道說那個情報有誤嗎？」

「不，這裡肯定是男性冒險者都極力保密的那間店，絕對沒錯，而且他們還經常一起在公會裡討論。由於每個人都嚴守祕密，無法問出更多情報，所以我也不清楚詳情。」

那位巨乳警察和瑟娜討論了起來。

從對話內容來看，那名警察似乎很清楚公會的事情耶？沒想到女性婚期保護協會的爪牙已經深入公會了啊。

好啦，差不多該去搭話看看對方的反應了。

「喂，我們可以回去了嗎？」

「不行，因為你們是重要的證人……啊，是你！由於品行不良多次遭到逮捕的小混混冒險者達斯特！」

「咦？達斯特先生？」

檢察官竟然說我是小混混……雖然瑟娜的發言令我很不爽，但重點是女警叫了我的名字，那道聲音好像有在哪裡聽過……

「還真是感謝妳詳細的說明啊！」

「你為什麼會在這裡？」

哎呀，做出這個反應啦。那接下來就是重頭戲了。

「啊，因為這裡願意聽男性傾訴煩惱喔。無論抱怨什麼她們都笑著傾聽，加上以女性的立場所給出的意見可是相當有用呢。」

「你會有煩惱嗎……」

「喂，妳想表達什麼？」

「不，沒什麼……比起這個，那真的是你的目的嗎？根據審訊店員所得到的情報，這裡雖然是咖啡廳，但同時也有在幫客人占卜，這是真的嗎？」

不要一次問這麼多問題啦，看來瑟娜相當焦急呢。

「是啊，沒錯。這裡的大姊姊都很有包容力，讓人可以輕易傾訴心情。因為周圍淨是些強勢的女性，只有待在這裡的時間才能讓我的心靈平靜下來。親切待人的女性實在太棒了。」

「啊嗚。」

「咕啊。」

瑟娜以及她旁邊的女警察同時起了反應。

「話說回來，妳們究竟把這裡當成是什麼店才跑來搜查啊？」

「關於這點，因為有人舉報這裡表面上是咖啡廳，私底下卻在經營色情行業。而且聽說還是男性冒險者經常光顧的祕密店家。」

「會把冒險者當工作的人畢竟都是莽漢，我們怎麼樣也不想把自己找女性抱怨，甚至把相信占卜這種事公開給女人知道吧？當然會嚴加保密啊。」

「確、確實如此。這座城鎮的冒險者之所以對女性沒有慾望，全是在這間店傾訴煩惱並得到治癒的關係嗎……原來是有著這種理由嗎……」

瑟娜雙手抱胸碎唸了起來。如果繼續蒙混下去應該能順利趕走她們。就算有準備對付那個魔道具的方法，但是她們願意直接撤退當然再好不過。

「這裡沒有什麼可疑之處吧？妳們趕快回去吧。不然店家可能會告你們妨礙營業喔。」

「這麼說也對，看來是我們弄錯了。我們去向店長道歉後就回去——」

哦，成功了嗎？這樣應該就不需要使用那個手段了。

「瑟娜小姐，請等一下。不管怎麼想達斯特先生都不可能把弱點暴露給女性知道，如果是抓住別人的弱點威脅對方也就算了，現在這樣實在太過可疑了。」

這傢伙竟然說的好像自己很了解我一樣。雖然不清楚她到底是誰，但是竟然給我在那邊口無遮攔，就這麼想讓我揉爆那對巨大的胸部嗎？

「的確，從這個人平常的言行判斷，他是那種比起煩惱會先行動的類型。而且這種荒度人生的男人根本不可能會有什麼煩惱……吧。」

「喂喂，妳還真敢說啊。哼，就是因為妳們那麼多疑，所以才會不受男人歡迎吧？」

就在我對這群看不起我的傢伙冷哼了一聲並開口挑釁後……四周突然傳來類似空間碎裂的聲響。

怎、怎麼了……為什麼所有的女警全都轉頭，還用幾乎能射殺我的眼神看過來？難道說……這些人全都是女性婚期保護協會的會員嗎？

這下糟糕了，強烈的殺氣令我的背後冒出大量冷汗，衣服黏在身上的感覺非常不舒服。這個狀況太不妙。如果不快點講出關鍵的一句話徹底改變現場氣氛，那我的小命就不保了。

「啊——但是像瑟娜這種臉蛋淨亮身材又好的女性一定很受歡迎吧。抱歉，抱歉。我剛才竟然說出如此失禮的話，我道歉，請原諒我。」

這時候絕對不能拐彎抹角，直來直往的講法才是最好的選擇，雜貨店販售的那本《討好女性的一百種方法》上面就是這樣寫。

「沒、沒這回事啦，別說這種明顯的客套話了。」

雖然嘴上這麼說，但是她臉上的笑意根本藏不住。

瑟娜的心情多少有恢復一些，但是剩下的那群人眼神反而變得更加銳利。看來必須給一個在場的所有人都能接受的理由。

「不過阿克塞爾這座城鎮的美女還真多。光是這裡的警官也各個都是美女，如果是由各位負責審訊，我還真希望每天都能被逮捕呢。」

雖然有幾個人被我的說詞打動，但是大部分的女警依然維持狐疑的眼神。一般來說的確沒有那麼簡單就能搞定，這都在我的預料之中。

「對了，妳們可不要說出去喔……各位不覺得這座城鎮未免太多單身的男性冒險者了嗎？明明周遭就有那麼多美女，卻很少有男人積極去追求女性。」

「我們從很久以前就這麼覺得了。」

看來她們對於這個話題非常有興趣，不只是瑟娜，就連其他女警也往我這邊靠了過來。她們成半圓形將我包圍，目光也集中到我身上。

雖然和原本想定的計畫不同，但我打算就這樣開始執行作戰。

「這件事其實是祕密喔……這座城鎮的男性冒險者，其實大部分都是基佬。」

「基佬……那是所謂的男同性戀嗎？」

「嗯，是啊，這是只在男性冒險者之間流傳的祕密——阿克塞爾其實是基佬的聚集地。所以，聚集在這裡的盡是那種男人，大多都是對女性毫無興趣的傢伙。」

「唔……！」

我聽見倒吸一口氣的聲音了。由於自尊上她們可以接受自己是因為這種理由沒有人追，但是常識也在告訴她們這根本是不可能的事，所以兩種想法正在互相衝突。

這時候就該動手補刀。

「請各位仔細想想看。這座城鎮充滿了像妳們這樣的美女喔，就常識來判斷，男性們應該會更加積極地四處搭訕吧。」

「你說的是真的嗎？這座城鎮的男人都是基佬……也就是大多都是同性戀嗎？所以男性們總是黏在一起卿卿我我嗎！」

「啊啊，瑟娜小姐請妳冷靜一點。妳的腐女興趣都寫在臉上了！妳先前也因為興趣曝光導致相親失敗過吧！」

女警們闖入我和瑟娜之間，拚命阻止瑟娜朝我逼近。

看來瑟娜依然相當懷疑。是因為她太過動搖嗎，感覺她呼吸急促而且滿臉通紅耶。

那個腐女興趣究竟是指什麼啊……？反正應該是無關緊要的事，就不要太在意了。

好了，接著就來讓她們見識我真正的本領吧。

「沒錯，就是這麼一回事。請各位仔細想想，妳們也認識的和真明明就被美女包圍，為什麼他遲遲沒有對任何人出手？各位不覺得奇怪嗎？」

「這麼說起來的確是這樣。佐藤先生明明在背地裡被稱為人渣真、垃圾真，還跟三名女性住在同一個屋簷下，卻從來沒有傳出那方面的流言。難道說佐藤先生也是那一邊的人……他應該是受吧？或者其實是攻？」

「瑟娜小姐，妳的本性都曝光了，請克制一點。」

我雖然沒有聽到瑟娜後半的自言自語以及那位巨乳女警對她說的話，但是她們兩人對望著陷入沉思。

瑟娜向那位巨乳女警，以點頭確認自己的想法是否正確，緊接著對方也用力點頭回應。

「那個，和真先生和他的同伴們似乎並非那種關係。根據我最近的觀察，和真先生更像是在擔任監護人。」

其實我非──常理解和真為什麼不出手。那三個傢伙雖然外表很美，但是內在實在太「那個」了。除了格外好事的傢伙、虐待狂、有錢人或是聖人般的存在之外，沒有人可以順利駕馭那三個人。不然……就只有和真了。

雖然也有可能只是和真太沒用，所以一直不敢出手而已。

不清楚那三名女孩本性的瑟娜似乎接受了這個說詞。這時候就算有些勉強，也要一口咬定這個說法。

「我已經說過很多次了，光是沒有被妳們這些美女吸引，就可以證明這裡的冒險者們有問題了。」

「是、是嗎？」

瑟娜害羞地用手指捲著頭髮。雖然還不到蘿莉夢魔的程度，但這傢伙也是個好騙的女人啊。瑟娜沒有人追的理由非常明顯，即使那對胸部很吸引人，但她畢竟總是作為檢察官在取締血氣方剛的冒險者，加上個性又如此好強，自然沒有人願意接近。

「沒錯！我看到妳這樣的美女就忍不住精蟲衝腦，那邊也幾乎都要炸膛了。不然我立刻脫下來給妳看吧？」

「住、住手！不然我以公然猥褻罪逮捕你喔！對、對了，如果這是實話，我們就請這間店的客人幫忙，在測謊用魔道具面前提出證言吧。」

很好，終於來了。我等這句話很久了。

其他的警察也點頭同意瑟娜的判斷。

「我們就調查幾名常客，如果其中有同性戀，那就相信這個說法……」

「那個，檢察官小姐，可以打擾一下嗎？」

這時蘿莉夢魔突然從旁插話。

雖然因為她整個人探出身子使得屁股出現我面前，不過這傢伙沒胸部也沒屁股，就連長相也跟小孩子一樣，根本無法燃起我的慾望。

「妳是這裡的服務生嗎？」

「是的，沒錯。請問這樣要不要請那一位協助調查呢？他也是本店的常客，而且……」

蘿莉夢魔向我的後方撇了幾眼小聲說道。

在她視線前方的正是那個頭盔男。到目前為止都完全按照作戰在進行，那麼接下來就看瑟娜是否會上鉤了。

「嗯，是那個人嗎？如果妳說的是實話，那麼那個人確實足以作為證人。好吧，魔道具放在哪裡？」

「收在店門前的馬車當中。」

「請各位稍微等一下，我這就去拿魔道具。」

瑟娜沒等我回答就直接衝了出去。有幾個人跟在她身後，剩下的女警們則是為了不讓我們逃走留下來警戒，還全都退到店門口監視著這裡。

「總算是成功修正好軌道。再來就看頭盔男能不能派上用場了。」

「肯定沒問題啦，麻煩您過來這邊。」

蘿莉夢魔一招手，頭盔男就搖搖晃晃地走了過來。這傢伙的呼吸相當急促，如果真的喘不過氣，為什麼不把頭盔拿下來呢？

這傢伙一坐到我的旁邊就向我伸出手，這是在要求跟我握手嗎？

「雖然和男人握手只會讓我覺得噁心，但這次就算了，感謝你的協助。」

我握住他伸出的手之後，他立刻用力回握。

因為就在旁邊，讓我更加在意從頭盔中傳出的呼吸聲，感覺變得比剛才還要急促了。

「喂，我雖然能明白你不想暴露身分，但要是很不舒服，還是把頭盔拿下來吧？」

但頭盔男只是猛烈地左右搖著頭，堅持不肯拿下來。

這傢伙雖然是個怪人，但現在畢竟是重要的協助者，必須要好好相處才行。如果證人是貴族大人，那麼欺善怕惡的檢察官也比較能接受結果吧。

「雖然跟你不熟，但總之拜託了。」

頭盔男縱向點著頭。看來這傢伙意外的人不錯呢。

「喂，你也差不多可以放手了吧，喂。」

話說回來，這傢伙為什麼還抓著我的手不放啊？

因為手汗整個黏黏的感覺好噁心，而且他的手指搓來搓去弄得我很癢耶。

「喂，快點給我放手！」

## 4

就在我努力把這傢伙的手扯開時，瑟娜回來了。

「那就讓我調查一下吧。」

她猛力地把魔道具放到桌上。由於討厭的經驗已經滲入我的骨髓，光是看著這個我的身體差點就擺出戒備態勢。

「呃，這邊這位先生……請問我該怎麼稱呼你？」

「就叫我頭盔人吧。」

頭盔中傳來一道模糊的聲音。雖然聽起來像是年輕男子，但實在很難確定。

「那、那麼，請達斯特先生和頭盔先生一起作答。」

「了解。」

「我要先澄清啊，我喜歡的是女人。」

我在瑟娜來之前有先跟本人確認過，頭盔男持有的那個魔道具是貴族為了隱瞞罪行，透過黑市所取得的禁斷魔道具。

只有持有者本身的發言能夠被反轉。所以就算我站在旁邊回答，那個測謊用魔道具也能夠做出正常的判斷。

還真是便利的魔道具啊。雖然還是有正經的傢伙在，不過大部分的貴族都是人渣，就算這傢伙擁有這種東西也不是什麼稀奇的事。

「那麼，我要提問了。請老實回答。你喜歡女性？」

「嗯。」

魔道具沒有響，這也是理所當然的事，因為我沒有說謊。

「那麼，請頭盔先生回答同樣的質問，你喜歡女性？」

「不。」

沒有反應。也就是說，魔道具判定他不喜歡女性了。

那傢伙持有的魔道具是真貨啊。這麼一來無論頭盔男再怎麼撒謊也不會被發現了。

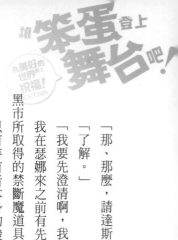

「以防萬一，達斯特先生，接下來的問題請你回答『是』。你喜歡男性？」

「是。」

鈴鐺叮了一聲。魔道具判定我不喜歡男性。

「原來如此。那麼，我重新向兩位提問，請老實回答。你喜歡男性？」

「開什麼玩笑啊。」

「是。」

對於我和頭盔男的回答，魔道具……沒有反應。

最令人在意的是頭盔男每次回答時都會偷偷看向我。別擔心，你的謊言並沒有被揭穿。

「雖然我很難理解。沒錯，完全無法理解，但是你喜歡男性的什麼地方呢？」

質問開始變得比較具體了。畢竟瑟娜很習慣在這種場面下審問犯人，所以開始向麻煩的地方進攻了。

不過質問中莫名充滿了熱情這點，讓我多少有些在意。

這時候如果隨口回答將會露出馬腳，所以只能期待頭盔男的演技了。

我悄悄朝頭盔男瞄了一眼，就聽見一道沉重的吸氣聲。

「我希望妳不要誤會，即使我喜歡的是男性也並非完全不挑對象。而且與其說我喜歡男性，不如說我喜歡的對象恰好是男性，碰巧對男性對象產生了性衝動罷了！……我的這份感情可能一生都無法傳達給對方。但即使如此，也沒有任何人可以阻止我喜歡對方的心情！看著他作為冒險者賭上性命滿身大汗地工作，我就無法壓抑內心的興奮……我想盡情去嗅他那件沾滿汗水的衣服！但是我實在沒有那種勇氣，只能在遠處默默地望著他的身影，只能在夜晚為自己的懦弱淚灑枕頭！有時候還會抱著為他買的紅色內衣，期望他總有一天能為我穿上並沉沉睡去！由於聽說阿克西斯教團承認同性戀，自從入教之後，我每天都在努力祈禱——」

「原來如此，原來如此。這裡有著超越性別的純愛啊。我在此對懷疑你說謊一事道歉。」

瑟娜直接接受了頭盔男滿腔熱血的回應，並且真誠地向他道歉。

說實話，最令我難以接受的是瑟娜通情達理到讓人噁心的地步。

不過連我都有一瞬間懷疑這傢伙可能真的是同性戀，他的演技實在太好了，他可能是想當演員的少爺吧。

如果是貴族的三男，有不少人可以自由選擇自己的生活方式，實際上也有後來成為冒險者的貴族。

在那之後，雖然瑟娜又問了幾個是否真的喜歡男性的問題，但是頭盔男的謊言始終沒有被識破。

「看來是真的了。不過，這個魔道具過去曾經出現過幾次奇妙的反應……所以太過依賴它也不太好。那麼是否能讓我們看看你真的喜歡男性的證據呢？這是必要的確認，絕對不是因為我自己想看。」

瑟娜感覺就像是在找藉口。

「啥？妳在說什麼啊？不是已經證明我喜歡女性，他喜歡男性了嗎？不然像這樣勾肩搭背你就可以接受嗎？」

我一將手搭上頭盔男的肩膀，瑟娜就瞇起眼睛看著我們。那是狐疑的眼神……她為什麼要遺憾地咂舌啊？還有，頭盔男的呼吸聲好吵喔。

看來要裝得更像一點。可惡，雖然不想被男人碰，不過現在是非常時刻，只能先妥協了。

「……抱歉，雖然有些噁心不過忍耐一下吧。我晚點會請你喝酒，你就假裝是那樣來觸摸我的身體吧。」

為了不讓瑟娜聽見，我隔著頭盔跟對方悄聲說道。

經過剛才的演技後，只要再加上有模有樣的行為，那無論是誰肯定都會相信吧。

雖然有些對不起頭盔男，但這都是為了保住夢魔的店。

「我很樂意……」

嗯……？剛剛這傢伙……是不是說了什麼奇怪的話？一定是隔著頭盔讓聲音太過模糊，所以我才聽錯了。

頭盔男的手輕輕放上我的胸部，手指不停地在上面滑動。

啊啊啊啊啊，雖然全身毛骨悚然但是我要忍耐。頭盔男發揮他逼真的演技，做出跟真的一樣的行為。我必須要忍耐……

「喂，喂！那裡，不可以！喂，你打算把手伸到哪裡去啊！快住手啊啊啊啊！」

「呼……呼！摸一下又不會怎樣，稍微碰一下而已，只要再一點點就好了！我只是想稍微摸摸頭！」

「那個頭是指哪裡的啊！」

這傢伙的力氣還真大。雖然以演戲來說非常完美，但是那裡真的不行！如果覺醒了奇怪的癖好該怎麼辦啊！

「喂，瑟娜！不要只是紅著臉看戲啊！快點來阻止他！喂，等等，警察小姐，警察小姐啊啊啊啊！」

「我、我知道了。這怎麼看都不可能是演技。接下來的行為就請在別的地方繼續，我絕對不會去打擾。」

瑟娜等人總算將頭盔男從我身邊拉開。

「喔、喔喔，妳這下能明白了吧？」

「……嘖。」

頭盔男嘖了一聲後，心不甘情不願地放開了手……雖然聽說他是貴族，不過感覺很可疑。

不，難不成他其實真的是……不會吧……

身為貴族或王族如果不會演戲，會很難在這個世上混下去。頭盔男肯定只是擁有這方面的才能……就先當成是這樣吧。

「那麼，最後一個問題……這座城鎮的男性們大多都是同性戀，請問這是真的嗎？」

竟然一臉平靜地問出如此不得了的問題。不過也不是不能理解，畢竟只靠我跟這傢伙作為證據未免太薄弱了。

不過，這時候我只要閉嘴交給頭盔男去回答就行了。畢竟他持有的魔道具可以反轉測謊用魔道具的判定，所以不會有問題。

「你也聽到了吧，快點回答她吧。」

「…………」

喂，不要沉默不語，代替我好好回答啊。你不是已經證明那個魔道具的性能沒問題了嗎？

「啊～～應該是因為他戴著頭盔所以沒能聽清楚吧？」

蘿莉夢魔突然在這時探頭介入我們的對話。

雖然她可能是打算幫忙，但是只要頭盔男好好作答這件事就結束了，難道說他是真的沒聽見嗎？

「妳剛剛問是不是有很多基佬？這個問題真是可笑。即使是坐在我旁邊的達斯特先生，在他的內心某處肯定也覺得男性很有魅力，認為跟男人變成那種關係應該也很不錯！魔道具之所以沒有反應，只是因為他還沒有察覺到自己真正的想法罷了！沒錯，肯定是這樣！」

喂，不要把我牽扯進去！

雖然我很想盡全力否定，但這時候必須忍耐。

測謊用魔道具對頭盔男的熱烈說詞毫無反應，那個反測謊魔道具的性能真好。

雖然聽在我耳裡只覺得是因為他說出了真心話，所以魔道具才沒有反應……不對，絕對不是這樣吧？

「魔道具……沒有反應呢。看來這座城鎮的男性的確大多都是那一邊的人啊……如果能早點發現，我就能享受各種基情場面了……」

「妳剛剛是不是說了什麼奇怪的話？」

「那是你的錯覺。不過我真的沒想到連達斯特先生都是呢，竟然男女通吃，你還真是有夠惡劣耶。」

唔唔唔唔！雖然很想反駁！但是，現在一旦開口，至今為止的努力就會化為泡影了。忍耐，要忍耐啊，達斯特！事關一整個星期免費的夢魔店服務啊！

雖然我幾乎就要開口飆罵，但還是懸崖勒馬忍了下來。必須讓自己冷靜下來。我深呼吸一口氣將到了嘴邊的話語嚥了下去。

好了，冷靜。這只是單純的表演。為了配合頭盔男的演技，我絕對不能生氣。

但是……如果不回個兩句，實在難消我心頭之恨！

「那麼，請把魔道具收起來吧。不好意思，給大家添麻煩了。」

確認瑟娜的部下將測謊用魔道具從店裡拿出去後，我總算鬆了一口氣。

這麼一來就算說謊也不會被揭穿了。

「哈！不但隨著假情報起舞，最後還對一般客人如此失禮，這就是你們這群大人物的做法嗎？如果店面被搜查的情報傳了出去，上門的客人肯定會大幅減少吧。」

「那個，實在非常抱歉。這完全是我們的失誤。」

瑟娜成九十度鞠躬低頭道歉，雖然她看起來是真心在反省……但是還不夠。畢竟我受過各位警察諸多的照顧，必須趁這個時候好好回禮才行。

「如果道歉有用就不需要警察了吧？像妳們這樣只會讓冤罪徒增，實在太可怕了。」

「真的非常抱歉！我們會向高層報告沒有在這裡發現任何可疑之處！還請您多加寬恕！」

「哈！只是出一張嘴，都給妳說就好啦！這時候最重要的是誠意，沒錯，要向我們展現出妳的誠意。必須彌補妨礙營業期間以及今後的利益損失……這樣說妳可以理解吧？」

這時候若是直接開口要錢，那就是最低級的威脅。必須將狀況變成讓對方自己去感受你究竟想要說什麼，即使有個萬一還可以一口咬定自己並沒有這樣說過。

這麼一來就算之後挨告罪行也可以減免。

「哇啊……真不愧是達斯特先生。」

不要邊說佩服邊拉開我們之間的距離喔，蘿莉夢魔。這時候應該要好好參考吧，妳身為惡魔難道沒有任何上進心嗎？

「聽說有好幾位店員因為警察跑來搜查感到害怕，所以打算辭職了！」

「咦，你說誰──」

蘿莉夢魔打算說出多餘的話，於是我輕拍了一下她的屁股讓她閉嘴。

別瞪我。不過這種程度的打鬧就生氣，這女人還真小氣。虧我特意摸了妳平坦的屁股耶。

「實在沒想到事情會演變成這樣……我究竟該怎麼謝罪才好？」

瑟娜就是太一本正經了。雖然講好聽一點是忠於職守，但這根本就是不知變通。總覺得只要利用她責任感很強這點，就能讓事情變得相當有趣。

雖然也可以威脅瑟娜賠錢，但是她如此耿直肯定不會同意，所以必須想別的方法……那種可以向這間店道歉……還能為難瑟娜的事……這麼一來……有了，我想到一個可以讓大家都皆大歡喜的方法了。

「對了，不然妳就來店裡幫個一次忙吧？」

「咦？我來幫忙嗎？由於檢察官不允許兼職，所以……」

「只要不說出去沒人會知道吧？何況妳只要不領工資，這樣就只是在參加義工活動罷了，再加上這對妳來說實在不是什麼壞事吧？這裡的店員們都因為強大的包容力深受男性愛慕。能在這種店工作就表示……」

我在這時稍做停頓，觀察起對方的狀況。

瑟娜和巨乳女警向前探出身子仔細聆聽。

果然很在意呢，畢竟都加入那種組織了，怎麼可能會沒有興趣呢？

我刻意緩緩開口，讓兩人焦急到極點。

「可以……學習到受男性歡迎的訣竅呢。」

「受歡迎……」

喔喔，這個染上了慾望而閃閃發亮的眼神真棒。

看來事情會變得比想像中還要有趣呢。

5

夢魔們要為了明天的事情開會，閒閒沒事的我就跑到大街上亂晃。

想要突破這個沒錢可以吃飯的現況，就只有去求夥伴請客了。

但因為早上的事情，只是開口拜託他們根本沒用，我的摯友和真今天也沒見到人影。

「肚子好餓。該去雜貨店大叔那邊寄生好呢，還是去揍小混混一頓收刮他們的錢好呢……

哦，好香啊。」

正當我不知道之後要幹嘛時，附近麵包店傳來刺激食慾的香氣讓我停下了腳步。

剛出爐的麵包實在是香到不行，再加上我又是空腹，這樣實在是難以忍受。

我順著香氣搖搖晃晃地走到麵包店前方，整個人趴在店面的大玻璃窗上。

看起來就很好吃的麵包擺放在架子上，感覺就像是在等待時機進入我的胃袋。

如果去下跪拜託應該能免費拿到吐司邊吧？不過比起吐司邊，我還是想吃剛出爐的麵包。

「好想咬一口那個長棍麵包喔。雖然看起來就很好吃，但問題是沒錢，所以說這是神明指示要我去吃霸王餐！」

「你小心會被神明揍喔。還想說你是在做什麼，看來是又打算去接受警察的照顧嗎？」

順著從背後傳來的聲音轉過頭去，就看到琳恩雙手扠腰站在那裡。

「妳在這裡做什麼？」

她不是躲在旅館不肯出門嗎？

「我才想問呢。你最好在還沒有被以妨礙營業提起告訴前，快點離開那裡。」

店內的客人及店員正隔著玻璃窗用懷疑的眼神看著我。

的確，為了自身安全還是快點離開比較好。

「難道……妳是在打吐司邊的主意嗎！那些全都是我的喔！」

「才不是呢。唉……真拿你沒辦法。你是想吃長棍麵包嗎？如果你真的窮成這樣，要不要我借你買麵包的錢？」

「什麼？妳有什麼企圖！」

「平常天天在那邊喊著要別人借你錢，等別人主動開口你又那麼多疑。我是好意——」

「啊，達斯特先生！」

這時蘿莉夢魔大聲叫著我的名字跑過來。

明明才剛剛開完會，究竟是有什麼事啊？

「關於剛才那件事的後續……啊，打擾到你們了嗎？」

交互看了看我跟琳恩後，蘿莉夢魔輕輕歪過頭。

琳恩皺起眉頭看向蘿莉夢魔……應該說瞪著她？

「達斯特，這孩子是誰？」

「啊～～該怎麼說呢。」

畢竟不能說是夢魔啊，這時候最好是隨口胡扯蒙混過去吧。

「不說也無所謂，反正你的事情根本無關緊要。」

琳恩為什麼突然那麼不高興啊？難道是在懷疑蘿莉夢魔嗎？

「喂，等等。妳不是說要借我錢買麵包嗎？」

「啊，我可以買麵包給你喔，畢竟受了達斯特先生不少照顧。」

琳恩斜眼看了蘿莉夢魔一眼後，就不發一語快步離去。

她到底是怎麼了？我真是搞不懂這傢伙耶。

隔天，休假的瑟娜來到了店裡……如果只是這樣就好了。

「這裡就是和真說的店家嗎！雖然因為忍不住回嘴說出我也去幫忙才變成這樣……但是妳不覺得這間店很可疑嗎？」

——偏偏達克妮絲也跟著瑟娜一起上門。

我多少可以回想起這傢伙跑來的理由。昨晚喝了和真請的酒之後，我趁著醉意說出了瑟娜的事情。

接著覺得有趣的和真，便興奮地說出了「不然讓達克妮絲也去那邊工作吧」之類的話，最後就變成這樣了。

「拉拉蒂娜大小姐，您還是回去比較好……」

「不准叫我拉拉蒂娜。叫我達克妮絲就行了。雖然是受了和真的挑釁才變成這樣，但聽說這裡的店員很受男性歡迎。在這邊幫忙應該能當成很好的鍛鍊。『外表雖然不錯，但內在完全是變態』──為了讓平常總是擅自這樣批評我的和真對我五體投地，我應該要好好學習她們的技巧！」

她毫無意義的充滿了幹勁呢。雖然這傢伙很麻煩，但是在和真那群隊友當中，已經算是比較好控制的傢伙了……大概吧？

而且達克妮絲可能意外適合這裡的工作。

「瑟娜小姐，還有……達克妮絲小姐。今天由我負責指導，還請兩位多多指教。」

戴著只遮住眼睛的面具的蘿莉夢魔向兩人一鞠躬。

謊稱今天是要變裝接客的日子，讓所有人都戴上面具。因為能靠這招隱藏瑟娜的臉，所以不用擔心她身為檢察官的事情會曝光。

「請多指教。」

「今天就麻煩妳了……請問，我們有在哪見過面嗎？」

達克妮絲端詳起戴著面具的蘿莉夢魔。

這麼說來，我聽說她們曾經在和真居住的宅邸打過照面。面具竟然在這時發揮了意想不到的效果。

「不，沒有喔，應該是妳的錯覺吧。比起這個，我先簡單為兩位說明我們的工作內容。我們會詢問客人的煩惱，絕對不否定對方的說詞同時適當做出回應。接著委婉地促使客人決定今後的方針並給予合適的建議。」

「原來如此，是這樣的工作啊。」

「感覺就很困難呢。」

瑟娜邊點著頭邊寫著筆記。達克妮絲則是一個勁地表達欽佩之意。

「那麼，請兩位前往那邊的休息室更換衣服。」

「想直接在這邊換衣服也無所謂喔。」

「請達斯特先生閉嘴不要說話，不然事情會變得很麻煩。」

蘿莉夢魔最近變得很會耍嘴皮子呢，看來有必要再次讓她感受一下我有多麼偉大。等這件事結束之後，我就來好好教訓她一頓。

在兩人的身影消失在門扉的另一側前，我的雙眼一直盯著兩人的屁股。她們真的都是身材一級棒的女人，偏偏在個性上……

「等等，這根本就是內衣啊！」

「先給我能遮住上半身的外套！請、請不要推我！」

慘叫聲從門的另一側傳了出來。喔，看來她們兩個人都很困惑呢。

今天準備的可是特製服裝。雖然對這裡的店員來說，就只是平常的打扮。

隨著房門砰的一聲打開，穿著夢魔打扮的瑟娜和達克妮絲被從房裡推了出來。

「很適合嘛！」

那個布料少到只能稍微遮住胸部及下半身的服裝，怎麼看都跟內衣沒兩樣。加上兩人又拚命用手遮遮掩掩，反而使得情色度倍增。

由於其他的夢魔都很習慣這副打扮，所以我從來不曾看過她們害羞的模樣，但是瑟娜和達克妮絲都害羞到滿臉通紅……也太撩人。

「我沒有辦法穿著這麼丟臉的打扮出去見人！」

「竟然讓我穿上如此煽情的服裝，然後丟到那群飢渴的男人面前，這是何等的獎勵……不，我是說何等恥辱！」

瑟娜努力將手臂擋在胸前，想要掩藏幾乎要從衣服中彈出來的胸部，卻使得那對因擠壓而變形的胸部看起來更加情色。

至於嘴上說不要身體卻很興奮的變態則是一如常態。

「沒問題喔，因為我們今天只有找常客過來。而且，我們這裡禁止客人觸碰服務生，所以請放心吧。」

「我擔心的並不是這個。」

「禁止觸碰啊……這樣啊……」

達克妮絲小姐明顯感到很遺憾呢。這麼想被摸的話，就讓我徹底……還是算了。我不想再跟達克妮絲扯上關係，也不打算對和真的夥伴出手。

將詳細說明交給其他夢魔負責後，蘿莉夢魔小跑步來到我身邊。

「達斯特先生。客人的準備呢？」

為了不讓瑟娜聽見，她在我耳邊小聲問道。

「嗯，我只有聯絡朋友過來。另外也有先跟冒險者們講好，所以不會有其他客人上門。」

畢竟要是有不知情的客人來光顧就會馬上穿幫。所以今天來場的客人全都是知情人士，我也有事先告知所有人，今天的設定是上門來找占卜師談心。

「非常感謝。只要今天一切順利，應該就沒問題了吧。如果明天或後天能開始正常營業就好了。」

「那些男人們也差不多要到極限了。如果這邊不能正常營業，很多事情都會變得很麻煩。」

「不好意思給各位添麻煩了。」

說明似乎已經結束，只見兩人並排站在牆邊。瑟娜低著頭用調查表遮住胸部，達克妮絲一眼看上去似乎也很害羞，然而……她嘴角的笑意根本藏不住。

客人在開店的同時魚貫而入，不過全都是我熟悉的面孔。

每個人在往座位移動時，都會用眼神跟我示意。那麼，達克妮絲和瑟娜究竟會負責接待誰呢？

達克妮絲的客人是位一臉嚴肅的龐克頭大叔。我經常會在冒險者公會看到這位大叔，但他沒跟別人組隊，也不知道他究竟在做什麼工作。這位龐克大叔究竟是誰啊？

至於真正的目標瑟娜……雖然夢魔一直要她去接客，但是她似乎仍猶豫不決，不斷重複跨出一步又縮回來的動作。

我觀察了好一段時間，前前後後一小時左右她都是這副德性。再這樣下去我想應該也不會有任何進展吧。

不過這傢伙雖然覺得害羞，卻很仔細地在觀察男性客人。那是在學習接客態度嗎？這還真像認真過頭的瑟娜會做的事。

沒辦法，就讓我來助她一臂之力吧。

「喂，把瑟娜給我叫來。乾脆讓她來接待我吧。」

「咦？這個不管怎麼說都太過分了吧？」

「我是看瑟娜孤伶伶站在那邊才主動說要陪她的耶。這時候明明就該感謝我，而不是責備我吧。」

「這麼說也對，那我去叫她過來喔。」

蘿莉夢魔的腳步相當沉重，感覺似乎不太情願。瑟娜在被搭話後看了我一眼，還明顯擺出厭惡的表情。她們就這樣僵持了好一段時間……

在經過好幾分鐘的交涉後，蘿莉夢魔拉著瑟娜的手走到我的座位。

瑟娜眉頭深鎖到幾乎都快要留下皺紋了，這可不是服務業該露出的表情喔。

「有什麼事嗎？」

「瑟娜小姐，請保持笑容喔。我會陪在妳身邊，所以請放心。」

「明明就是找妳來幫忙，要是都不工作會很沒面子吧？所以本大爺才親切地找妳過來，要好好感謝我啊。」

「那個……非常感謝你。唉……」

瑟娜移開視線嘆了口氣。明明就在客人面前，竟然擺出這種目中無人的態度。

算了，無所謂。畢竟本大爺今天心情很好。好啦，究竟該怎麼玩弄瑟娜呢？

「那麼，妳就聽聽我的煩惱然後給我建議吧。」

「好吧，如果是我知道的事就會回答。」

怎麼感覺店員比客人還偉大啊？被面具後方那道銳利的眼神一直盯著看……感覺就像是在接受審訊耶。

「那麼，就告訴我犯下輕微犯罪時不會被問罪的方法吧？」

「我怎麼可能告訴你這種事！請正當地生活！」

這應該是最適合拿來詢問檢察官瑟娜的問題耶。

「嘖，真小氣。不然告訴我要怎麼做才能讓那對胸部長得那麼大？我們隊伍的琳恩，以及那邊那個蘿莉實在平到慘不忍睹。妳如果能把方法說出來，她們應該也一定會高興吧。我之後也打算去問問露娜。」

「不用你多管閒事！」

我會這麼問明明是出於一片好意，結果連蘿莉夢魔都氣得鼓起臉頰。

「竟然堂堂正正在檢察官面前性騷擾，你膽子不小呢。」

「這是在說什麼啊？妳今天只是一介店員，必須要好好接待客人才行吧。快點快點，快回答我的問題。讓我見識一下妳那能揭露罪行的巧妙話術啊～」

我靠著椅背把腳翹到桌子上，一邊揉著沉甸甸的眼皮這麼說完之後，瑟娜的太陽穴就浮現出血管。

「你這傢伙，下次被逮捕時給我記住。」

「好啦好啦，我好害怕喔～」

這點程度的威脅我早就聽膩了，就不能講些更有內容的說詞嗎？

「好了好了，今天兩位畢竟是客人與店員，還請稍微冷靜一下，不然大家都在看我們。」

「這可不是什麼表演，別給我在那邊盯著看！」

「你這傢伙真的是完全無視對象跟地點，見人就咬耶……」

「我還是會看對象好嗎。如果對方是我絕對無法戰勝的對手，我也是有願意跪在地上舔對方鞋子的氣魄！」

「這個人竟然可以如此驕傲地說出這種事……」

「人渣到這個地步反而令人佩服耶。」

不需要為這種事感到驚訝吧？這就是所謂的善於處世。

只有懂得處世的人，才能從冒險者這種危險又不安定的工作中獲勝，這可是定論。

「達斯特先生，可以請你找比較正常的事商量嗎？畢竟瑟娜小姐今天是第一次接觸這份工作，請盡量提那種簡單易懂的問題。」

就算妳這樣講，我也沒有什麼要跟女人商量的事啊。煩惱的事、擔心的事……

「那就錢吧。我想要做些什麼來賺錢，妳有沒有什麼方法？」

「只要辛勤工作就行了吧。不過你會沒錢也未免太奇怪了吧？討伐機動要塞毀滅者的獎金應該已經發給冒險者了，只要有那筆獎金，應該暫時不用為錢煩惱啊？」

「妳說那筆錢啊。那麼一點錢，光拿去賭博跟吃吃喝喝就全部用完了。不止如此，我還欠了一屁股債呢！」

「你的語氣為什麼還能帶有一絲驕傲啊？」

「…………」

不要用沉默代替回答！我本來以為能拿到更大的一筆錢，結果大多獎金都給和真他們了。不過還真是完全無法羨慕他，我才不想背上那麼大一筆債務。和真也真是有夠倒楣耶。討伐魔王軍幹部時的欠債都還沒還完就又增加了。

光是這樣就足以讓我放棄人生了，他竟然還要負責照顧中看不中用三人組。

看著明明一臉高興，嘴上卻說「不要看！不要用那種下流的眼神看我！」假裝很討厭的達克妮絲，我就打心底同情他。

所以當我聽說和真將那筆高額債務還清時，我嚇到心臟都快跳出去了。

「你應該沒有因為欠債走投無路，就做出綁架或殺人這種事吧？」

「不要講那種危險的事。我才沒有墮落到那種程度。綁架倒是幹過兩次啦。」

詐欺跟勒索也就算了，我怎麼可能去做出那種事情。

「兩次……？」

「你、你這傢伙……」

不要一臉害怕地向後退啊。

聽到綁架這個詞彙，讓我不由自主說漏了過去的事。那時候的我還真是年輕啊……雖然也不算太久以前啦。

「喂，為什麼露出那種眼神啊？正直善良的我怎麼可能去做那種事。」

不止是瑟娜，就連蘿莉魅魔也對我投以懷疑的眼神。

「先不管你的發言，是我說的太超過了。抱歉，竟然沒有證據就懷疑你。雖然你經常鬧事，但也沒有犯過重罪……也是，說出來應該無所謂吧。你在小混混之中似乎算有頭有臉的人物，那麼你是否有聽過這個消息呢？最近似乎有個奇特的犯罪集團從其他城鎮潛伏進來。」

雖然瑟娜表情一變嚴肅地表示，但是我完全沒有聽說過這種事。

但是如果講到最近發生的犯罪行為，那我就略知一二。

「那應該只是單純的謠言吧？最近的犯罪啊……聽說有強盜偷偷潛入雜貨店大叔的店，結果他起動用來對付我的陷阱，就將所有人打退了。」

「咦、咦？」

「還有上次債主要求我立刻還錢，於是我跟他大鬧了一場。」

「這種事你是從哪裡……」

「另外就只有達克妮絲差點在暗巷被綁架，卻還一臉高興的事了。」

「不會吧，這可是大事耶！那群綁架犯後來怎麼了？」

「嗯～究竟是怎麼樣了呢？詳情妳去問達克妮絲不就知道了？」

「這麼說也對，我之後再找機會去問清楚。」

犯罪集團啊，想在這座城鎮犯案其實多少有些無謀呢。這裡雖然被稱為初學者城鎮，不過也是有本領高強的傢伙。

而且這座城鎮的居民都盡是不會因為小事動搖的怪人，如果我是犯罪者而且想大幹一票，那我絕對會避開這座城鎮。

「那麼，我們把話題拉回來吧。這座城鎮的男性冒險者們，真的都喜歡男性嗎？」

「喂喂，妳是打算翻舊帳嗎？這個話題已經結束了吧。」

「這與我的個人興趣無關，只是單純的疑問。如果真的對女人沒興趣只喜歡男人……那他們會像那樣一臉猥褻地緊盯著女性看嗎？」

聽到瑟娜的疑問後，我的背後冒出大量的冷汗。

我悄悄往周圍的那群人望去，就發現他們全都一臉鬆懈緊盯著夢魔們的胸部和屁股。

啊……糟糕啦啊啊啊啊啊！我完全選錯人了！這群人壓根本就是色鬼！

怎麼辦，在場的每個傢伙的表情都已經不言而喻了。

「達斯特，我再問一次。這座城鎮的男人們，真的都是對女性沒興趣的同性戀嗎？」

面具後方的雙眼非常認真。面對這種情況還能給出起死回生的解釋，才是老子達斯特的真本事！別放棄，肯定還有辦法！

「要我再把測謊用魔道具帶來也無妨喔。這次就我們兩個人單獨對談……如何？」

「瑟娜檢察官，妳可不要小看我喔？真是非常對不起！」

我從椅子上跳起，接著直接把頭按在地板上跪地求饒。事已至此，我也只能乖乖道歉了！

「那就把詳細情形全都交代清楚吧，嗯？」

啊，這下子完全變成審訊了。

## 6

讓扮演客人的那群人以及達克妮絲先離開後，所有人都在只剩下夢魔、我以及瑟娜的店內跪坐。當然，是除了瑟娜以外的人。

「沒想到夢魔竟然會潛入城鎮當中，而且還在經營店家……怪不得有數名上司打算阻止昨天的調查。同性戀的事也是在說謊……」

畢竟警察內部有不少前冒險者。

瑟娜雙手抱胸低聲碎唸。似乎是因為事情的發展太出乎預料，讓她一時反應不過來。

「不過，我希望您能理解。男性冒險者與夢魔是互利互惠的關係。實際上，這座城鎮的男性犯罪率跟其他城鎮相比低上許多對吧？」

聽到擔任店長的性感夢魔的發言後，瑟娜變得一臉嚴肅。

一般來說冒險者較多的城鎮犯罪率也會較高。畢竟幹的是跟魔物打交道的工作，莽漢自然也比較多。

但是，這裡多虧有夢魔們適當地吸取精氣，冒險者們的慾望才得以降低。身為檢察官的瑟娜，肯定比任何人都能親身感受這件事所帶來的影響。

「但我也不能放過身為惡魔的夢魔……再這樣下去，女性的結婚率只會持續探底。」

果然沒有這麼簡單就屈服啊。不過這個反應也在我的預料之中。

我在夢魔店長的耳邊悄聲說了幾句後，她的面容瞬間亮了起來並高興地點頭。

「那麼，您願意跟我們做個交易嗎？」

「竟然要我跟惡魔交易？這提案也未免太蠢了吧。」

雖然瑟娜一副拒絕對話的模樣，但是在聽到內容之後，她是否還能說出相同的話呢？

「如果您願意放過我們……我們能讓瑟娜大人喜歡的男性每天都夢見您，甚至有可能讓他喜歡上您喔。除此之外，我們還可以提供各種場景的夢境。即使是瑟娜大人不能對外人說的願望也能在夢中實現。」

「願聞其詳！」

瑟娜以迅雷不及掩耳的速度衝到夢魔面前，並且緊緊握住對方的手。

「所以這樣就解決了嗎？」

我用笑容回應歪著頭看向我的蘿莉夢魔。

「是啊。妳也辛苦了。可以順利重新開始工作不是很棒嗎。」

「是的，這樣我就放心了。真是多虧有達斯特先生幫忙，太感謝你了。」

「那麼一星期免費的事情就麻煩妳了。」

「好，那從今天開始的一個星期都免費。我身為惡魔，絕對會遵守契約。」

「喔喔，我很期待。這麼一來我就有一個星期不需要擔心那件事了，之後只需要確保睡覺的地方跟食物就能活下去。」

不但被感謝還能收到回禮。這簡直太棒了。

能圓滿解決真的比什麼都重要。這麼一來我就能放心享受今晚的夢境了。

「這麼說來，達斯特先生，我還有事情要找你。」

似乎跟夢魔達成共識的瑟娜朝我走了過來。

「怎樣啦，為什麼講的那麼慎重？這間店的問題已經都解決了吧？」

「是啊，的確如此，所以跟這間店無關。你剛才似乎有主動供出自己欠債不還，而且大鬧了一場的事對吧？由於之前曾有貸款業者來報過案，我希望你能詳細交代這件事。」

臉上堆滿了笑容的瑟娜用力抓住我的雙肩。

「等、等一下！」

「想都別想。你剛剛有要求我讓你見識巧妙的話術對吧？沒有問題，我打算拘留你兩個星期左右，你就在這段時間好好享受吧。真是太好了呢，這樣你就不用擔心吃住嘍。」

啊，可惡。這傢伙的力量出乎意料的大啊！她的手指掐入我的肩膀，完全無法扯開！

看來她對我剛剛的挑釁仍懷恨在心。

「喂，不要只顧著看，快來幫我！」

雖然我向站在一旁的蘿莉夢魔求救，但是在看了看我跟瑟娜後，她露出微笑重新面向我，接著在我耳邊輕聲表示：

「如果您要接受拘留所的照顧，那我們就無法去打擾了。畢竟那邊有驅趕惡魔的結界……而且如果達斯特先生不能來店裡告訴我們夢境的內容……啊，不過我們已經締結契約了耶。」

契約？該不會是指謝禮吧？應該不是吧？妳那道別具意義的笑容究竟是什麼意思？

「咦？喂！難道說……妳是指我們約好的一星期免費……」

「是啊，看來是無效了。既然無法做到，那麼也沒辦法啊。畢竟對惡魔來說契約有著絕對性，所以無法取消喔。」

「不不不，竟然要我做白工？這是在開玩笑吧！喂，別笑了，妳看著我說話啊！等等，瑟娜大人，拘留的事情能不能晚一星期再說？吶，拜託妳們聽人說話好嗎？這群惡魔！」

「喂！還不能吃飯嗎？今天麻煩給我全餐啊！」

在已經成為我第二個家的拘留所牢房裡，我躺在單薄的毛毯上對守衛提出要求。

「吵死了！不是才剛剛吃過午飯嗎！你是老頭子啊！」

「那至少拿些點心來啊。最近大街上不是開了間時髦的咖啡廳嗎？那邊的東西我還可以接受喔。」

水桶代替回應噹的一聲砸中牢房，是那個可惡的守衛丟過來的吧。瑟娜竟然完全無視我的解釋將我關進拘留所已經過了兩天，看來最少還要被關一個星期以上。

「反正手邊也沒錢，這樣正好。但一星期的免費服務真是太可惜了。是說我什麼都沒講就被關進來了，夥伴們沒問題吧？琳恩應該正在生氣吧。」

雖然琳恩外表看來沉穩，實際上卻很容易激動過度。以前也曾經一開始說教就立刻朝我轟出魔法……還是先想好藉口吧。

「喂，達斯特！有你的東西！」

已經相當熟識的守衛拿著用白紙包裹的細長東西，從牢房柵欄的縫隙遞了進來。我扯開白紙後，裡面是還帶有餘溫的長棍麵包。

這東西究竟是誰送來的根本是一目了然，她肯定是邊抱怨邊買的吧。

「是那家麵包店的長棍麵包啊……謝啦。」

我開口向不在場的那位喜歡番茄的同伴道謝。

## 插曲

# 某位貴族的寶物

「早安，今天的天氣也很好呢。」

我朝著枕邊的相框露出了微笑。

那裡有著達斯特先生一臉帥氣地在威脅新手冒險者的身影。

無論什麼時候看都很帥氣的側臉。在我委託特別擅長潛伏的盜賊幫忙拍攝的照片中，這是最棒的一張，是我重要的寶物之一。

「今天起床時的心情依然棒透了，這都是託了夢魔們的福。」

偶然得知那間店後，多虧有她們讓我能夢見自己渴望的夢境，每晚才能過得如此充實，所以必須好好感謝她們。

那是在現實當中，絕對無法跟達斯特先生一同度過的甜蜜時光。但光是靠著那個夢境，我今天也能繼續努力下去。

身為阿克西斯教徒，向夢魔這種惡魔尋求幫助的行為本來是絕對不被允許的，但是我相信女神大人一定能理解我純粹的思念。

換完衣服吃過早餐後，我跟往常一樣出門上街。

達斯特先生在這個時間不是醉到不省人事，就是待在從早上就開始營業的賭場。根據今天早上放在窗邊的報告書判斷，昨晚一個叫和真的新手冒險者似乎有請他喝酒，所以現在應該還在睡覺吧。

和真就是那個帶著三名女性的冒險者吧。明明已經坐擁後宮了，竟然還打算對達斯特先生出手。我明明只能在遠處偷看，或是收收偷拍的照片及記載了達斯特先生日常生活的報告……竟然和那個我只能在夢中觸碰的達斯特先生勾肩搭背，把酒言歡。

「實在太令人羨慕了！」

如果達斯特先生是對女人出手也就算了，我絕對無法原諒有我以外的男人待在他身邊！

哎呀，不能因為這點小事而自亂陣腳。畢竟在我和達斯特先生之間，本來就隔著一道巨大高牆。所以我必須要放寬心胸，絕對不能失去冷靜。

唉……究竟要到什麼時候，我才能實際跟達斯特先生交談，坐在他身邊相互接觸呢？

我邊散步邊巡迴各間店家，仔細觀察各式各樣的道具。畢竟偶爾還是能在古董中發掘出寶物，所以不能小看這些東西。

像這條項鍊被當成是能反轉謊言的魔道具販賣，但無論怎麼看都是贗品。聽說這個最近在貴族之間相當流行，大家也太容易受騙了吧。

然而這東西價格便宜，加上設計也還不錯，所以買下來也無妨。

「歡迎光臨，歡迎光臨。這裡有最近剛進貨的高性能頭盔，價格划算喔！」

這道叫賣的聲音，不就是經常和達斯特先生打情罵俏的雜貨店老闆嗎？他每次都像在跟我炫耀般與達斯特先生打打鬧鬧……咦？寫著土打商品放在店頭的那頂頭盔……難不成是！

「可以打擾一下嗎？」

「當然，歡迎光臨。啊，是貴族大人啊，有什麼事嗎？」

畢竟我的髮色及雙眼正是貴族的象徵，所以才會被直接看穿吧。為了守護達斯特先生，我最好還是不要暴露身分。下次出門可能稍做變裝會比較好。

「我想看看這頂頭盔。」

「哦，是指這個嗎？您的眼光真是不錯！這雖然是二手貨，卻是品質優良的逸品呢。若是識貨的人，肯定能一眼看出這筆買賣有多划算吧。」

這頂頭盔的品質確實很好，但是這些事根本無關緊要。這個形狀、這股光澤，難道說這是達斯特先生以前用過的頭盔嗎？

「你是從什麼管道取得這頂頭盔的呢？」

「關於這點啊，其實有個總是給我添麻煩的小混混冒險者，這正是從他那邊高價收購來的頭盔。」

這個……絕對沒錯！太感謝祢了，阿克婭女神！我有加入阿克西斯教團，而且每天持續禱告，真是太好了。謝謝祢，女神大人！

我雖然有收到達斯特先生購買魔劍的報告，卻不知道他有將頭盔賣出去。看來之後必須向盜賊下達更詳細的指示才行呢。

「這個可以賣給我嗎？」

「您要購買嗎？那我這就把它裝起來，請稍等。」

「不，這樣就可以了。」

現在無論是一分一秒都很寶貴。動作快，快點把達斯特先生戴過的頭盔給我！

「這、這樣啊。謝謝惠顧。」

「拿去，零錢不用找了。」

我連付錢都覺得焦躁，接著急忙用類似搶奪的動作接過頭盔。雖然老闆一臉驚恐，但現在根本不是管他的時候。

我將頭盔抱在懷裡，急急忙忙穿過大街跑進巷弄當中。

附近……沒有任何人在。

這、這、這就是，達斯特先生曾、曾戴過，接觸過他頭髮、肌膚以及嘴唇的頭盔啊啊啊！

「吸————！這就是達斯特先生的味道！混雜殘留在鐵鏽味中的些許汗香，這就是……這個就是——！」

儘管只是吸了一口氣，我都覺得似乎就快高潮了。但還不夠。接下來才是重頭戲。要動手了，我真的要動手了！

我用雙手握住頭盔側面，把它對著大空高高舉起。

啊啊，接下來我就要與達斯特先生合而為一了……戴上！

「我現在正被達斯特先生包覆著！這是何等的幸福。啊、啊、啊、啊、啊啊啊！就算把內側整個舔一遍也沒有關係吧！畢竟這是我的東西了！」

我再也不會放手了！從今天起只要外出我一定會戴著這頂頭盔！

其實我連待在家裡時都想戴著，但雙親肯定會反對吧。

從這天起，我的寶物又增加了一個。

# 終章 跨越那段過去

## 1

「事情就是這樣，實在有夠倒楣。」

我現在人在常去的那間餐廳，正比手劃腳毫無隱瞞地詳細向夥伴們交代兩星期前的事，但是他們卻沒什麼反應。

他們始終只有看著我，從頭到尾都一語不發。

「接下來，她就一直把我關在牢房裡耶。結果我不但做白工，還受到這種待遇！」

雖然我把所有事情都交代完，但是無論琳恩、泰勒或奇斯都毫無反應。就彷彿我根本不在這裡。

「蟲子飛來飛去的聲音好吵喔，奇斯，我們什麼時候出發？」

「是啊，嗡嗡嗡的真是煩死了，再十分鐘左右吧，人應該快到了。」

「他看起來個性相當認真，肯定會嚴守時間吧。」

竟然完全無視我開始討論起別的事情。雖然整整兩個星期聯絡不到人的確很糟糕，不過對我來說這也算是一場意外啊，實在不需要氣成這樣吧？

本來還想說既然琳恩知道就不用擔心，我實在太天真了。

「被這樣無視我會很受傷耶！既然你們聽不見我的聲音，那我要開始講超下流的黃色笑話喔！……所以說，是什麼委託？」

沒有人開口回答我。這、這幾個傢伙……

「哦，既然各位看不見我那就沒辦法了。換句話說，現在我無論做什麼都可以對吧。首先來將那對平坦的胸——」

才剛聽見咚的一聲，一把短刀就插在桌面上——我的手掌旁邊。

至於將這把刀插在桌面上的人，不用說自然是琳恩。她的雙眼露出看著害蟲的鄙視眼神。

而且這把短刀不正是我先前在馬廄打算對她出手時，差點把我的某樣東西切掉的武器嗎！

「唔、呃，對不起。真的很抱歉，琳恩。」

雖然我把頭靠在桌上道歉，但那傢伙的回應只有「沒錢就去跟那個女孩借啊？」一句話。

「不好意思讓大家久等了！咦，這位先生是？」

一名我不曾見過的男人露出爽朗笑容走到我們身旁。

從他穿著皮鎧背後揹著一把長劍來看，應該是戰士系職業。

「這傢伙只是個無業遊民，不用太在意。今天還請多多指教。」
「拜託你嘍。」
「不用太擔心，只要仔細聽從指示就行了。」
「好的，請大家多多指教！」
大家為什麼對這傢伙這麼親切啊？他們在面對這個看起來就很好騙的男人時，那個態度就彷彿是在對待夥伴……等等，難道說……
「喂！難道這個傢伙是……！」
「這個人就是代替消失了兩個星期的你，跟我們組隊的新夥伴。」
為什麼就只有不祥的預感一定會成真呢？

## 2

「可惡，竟然真的關了我兩個星期。唉，結果也沒得到夢魔的獎賞，就已經沒錢了還禍不單行，根本就只有損失啊。」
我坐在靠窗的貴賓席上嘆了口氣。

「這世上有那種能輕鬆賺大錢的傢伙在，同時卻也有像我這種明明拚命工作，卻依然無法擺脫貧窮的人，實在有夠不公平！真是該死！」

明明我的抱怨響徹整間店面，卻沒有人回應我。

巴尼爾老大和芸芸明明也在這裡。

老大似乎正忙著打掃店面，但芸芸就只是坐在對面玩著撲克塔。

雖然芸芸從剛剛開始，似乎就邊偷瞄邊尋找邀請我一起玩撲克牌的機會，但是一路被我徹底無視後，她又變得一臉不爽。

「唉，真是不幸啊。難道就沒有溫柔的朋友在聽說我有多麼倒楣後，願意請我吃飯並給我錢嗎？」

「你不要以為只要說我們是朋友，我就什麼都願意幫忙喔。」

「如果沒有要買東西就快點離開這間店。吾還要想辦法處理廢物老闆買來堆倉的瑕疵品。」

「無論是老大還是臭小鬼，你們對我溫柔一點嘛。」

巴尼爾老大繼續打掃店面，芸芸則開始疊撲克塔的最頂層。

夥伴們也丟下我出發去冒險了，來個人陪陪我啊。

「沒有必要溫柔對待一個叫別人臭小鬼的人吧。」

聽到芸芸不屑地如此表示後，我就不爽地抓住桌角用力搖晃起來。

「請、請不要這樣！今天的撲克塔是使用了兩副撲克牌的超級大作耶！」

「真拿妳沒辦法，我就陪妳一起玩吧。就用這座塔來玩抽抽樂，我先進攻！」

「哇啊！就是因為愛做這種事，你才會不受歡迎啦！」

正當我玩弄著努力穩住桌面做出抵抗的芸芸時，巴尼爾老大砰的一聲將一個小箱子放到桌上。

「啊啊啊啊啊！剛剛的衝擊弄倒我的撲克塔了！」

「哎呀，原來汝在啊，孤獨至極之人。小混混冒險者，吾免費給予汝一樣魔道具，作為交換，汝快把這個小女孩帶走。」

「哦，要免費給我嗎？真是太感謝了。除了病痛以及阿克西斯教團入教書外，我都會滿懷感激地收下。」

雖然我仔細觀察了放在桌上的小盒子，卻完全看不出來究竟是什麼。

「老大，這個盒子是什麼魔道具？」

「可以徹底改變冒險時如廁問題的劃時代魔道具。只要打開箱子就能夠完成搭建，經過魔法壓縮過的簡易廁所，而且附帶完善的水洗、遮音機能，是女性也能安心使用的優秀道具。」

「喔喔，這東西很棒啊！之後就算說要回收我也不會還喔！」

雖然不太懂老大究竟在想什麼，不過這東西絕對能賺錢。畢竟包含琳恩在內，女性冒險者在野外如廁時的問題相當多。

「吾才不會說出那麼小氣的話。只是這東西有個小問題，就是遮音機能的聲響太大，可能會引來魔物。另外雖然能產生水，但因為無法控制，所以附加了讓周圍也積水的額外機能。」

「這根本就是不良品吧……我還是不要了。」

「唔嗯。由於不能退貨，吾原本想要硬塞給汝呢。那麼，換成這個如何？」

老大在回收簡易廁所後，重新拿出了一顆大球。

不但球體透明，中間還能看到劈哩啪啦閃耀的光芒。

「老大，這個是？」

「封印了強力雷擊的球。聽說其威力足以讓凶惡的魔物昏厥。」

「的確，我能從中感受到強大的魔力。」

振作起來的芸芸盯著球佩服地表示。既然紅魔族都這麼說了，那應該不會有錯吧。但是……這個發展只讓我有不祥的預感。

「缺點呢？」

「汝會如此慎重還真是稀奇呢。問題點在於不用雙手捧住就不會發動，而且釋放出的雷擊不是往前射出，而是只會落在正下方，僅此而已。」

「這根本只能拿來自爆吧……老大，容我拒絕。」

我把球還給老大後，他就重重嘆了口氣。

「果然沒人要啊。本來還想說能多少處理一下那個毫無商業才能的老闆買來堆倉的廢物，看來沒辦法那麼順利呢。算了，等汝想要的時候就來拿吧，吾可以免費提供。」

竟然能讓總是自信滿滿地戲弄他人的老大變得如此失落，這裡的老闆實在不是等閒之輩。

「先別提那些了，老大，你聽我說！我的夥伴們竟然無視我的存在，跟臨時雇用的傢伙一起去冒險了。這根本難以置信對吧！」

「他們終於放棄汝了啊，這完全是汝自作自受，此決定乃身為人類理所當然的判斷。」

「就是說啊。不如說真虧他們能包容你到現在。」

竟然連老大跟芸芸都站在他們那邊。

「所謂的夥伴，不是應該要同甘共苦嗎？在我欠債的時候一起幫我還錢，如果朋友賺了錢就要請我吃飯，這才是做人該遵守的道理吧！」

「這樣只有汝得到好處吧。雖然身為惡魔的吾不適合說這種話，不過汝毫無身為人的倫理觀念嘛。」

「達斯特先生在講做人的道理……這比惠惠宣言『我今天不放爆裂魔法』還沒有說服力。夥伴可是非──常重要的存在喔！」

這兩個人不但沒有幫我說話，芸芸甚至得意忘形地開始唸我。

琳恩和泰勒也是只要一見面就對我說教。這群人的個性都太過認真了。

個性嚴謹不懂變通的人只會徒增辛勞，人生不但得不到好處還很吃虧喔……

「怎麼了？為什麼突然陷入沉默？那種擔憂的表情根本不適合你喔。」

「啊，這麼認真的表情還真是少見。」

「少管我。嘖，真是有夠煩人，我要走了。」

又想起過去的事情了……在沒被追問前快點離開吧。

我立刻起身往門口走去。

「與過去訣別的小混混冒險者啊。就讓吾這個看穿一切的惡魔給汝一個建議吧。絕對不要大意。」

「喔、喔喔。雖然不知道老大是指什麼，但是謝謝你的忠告。」

我聽了巴尼爾老大從背後傳來的忠告，開口道謝後便走出魔道具店。

「老大早就看穿了嗎？我原本以為自己已經徹底捨棄過去了……」

唉……像這樣陷入糾結的思緒中，根本不是我的作風。

比起過去現在更重要。我得想想該怎麼活過今天。

「看來也只能去工作賺錢了。」

這麼一來，就只能去冒險者公會尋找合適的委託了。

「實在有夠麻煩。」

持續過了兩個星期不用工作就有飯吃的生活後，我實在提不起任何幹勁。

不過現在已經不是說這種話的時候了，就去冒險者公會看看吧。

「嗨～～」

當我用力地打開出入口的大門後，所有人的視線都往我身上集中過來。

「喂喂，為什麼每個人都垂頭喪氣啊，老子達斯特凱旋啦！」

好一段時間沒來這裡了。我抬頭挺胸邁著大步往公會的正中央走去。

當我通過幾個認識的冒險者聚集在一起的座位時，聽見他們正在竊竊私語，於是我放慢腳步豎耳聆聽。

「喂，達斯特根本就沒事啊！」

「到底是誰說達斯特得了怪病所以住院去了？」

「我是聽說他對檢察官瑟娜毛手毛腳被捕，至少會被關在牢裡一整年喔。」

「咦？你先前不是說他跑去找御劍先生的碴，結果不得不逃離這座城鎮嗎？」

「畢竟那傢伙怎麼可能整整兩個星期不鬧事啊。雖然我有去問過琳恩，不過她只給了『我

「不想管那件事』這種意味深長的回答。」

我完全停下了腳步。

這群人會注視我都是因為這些理由嗎！

「你們這些混蛋不要在那邊亂說話！老子我活得很好！」

當我發出響徹整個公會的怒吼後，所有人都陷入沉默——

「嘖，如果被吼一下就會害怕，那就不要在背後說壞話啊！」

「啊啊，可惡，達斯特根本超有精神啊！」

「公會最近好不容易才這麼和平！」

「我可是賭達斯特一個月不會出現，而且還賭了一萬艾莉絲耶。該死的！」

接著轉變成慘叫及怒罵聲四射。

「你們這群混蛋竟然敢拿我下賭！早點說啊！這樣我也能參一腳了！」

「達斯特先生一出現就讓公會充滿活力呢，好久不見了。」

露出苦笑向我搭話的人，正是公會的櫃檯小姐露娜。

她那對豐碩的象徵今天也闖入我的眼中，讓人下意識就把視線往那邊集中。

「喔，妳今天也很有精神地在晃動嗎？」

「小心我禁止你進出公會喔。」

露娜那種頂著專業笑容講出的反擊今天依然很犀利。

畢竟她每天都在跟冒險者們打交道，不會因為一點小事就動搖。

「禁止我來對公會來說可是莫大的損失喔。」

「這就難說了。畢竟即使達斯特先生這兩星期都不在，公會依舊能夠順利營運呢。」

喂喂，感覺露娜今天比平常更帶刺耶。雖然她臉上堆滿了笑容，魄力卻比平常更強，但是我不記得自己有做過什麼會讓她生氣的事啊。

「這、這樣啊。現在有沒有適合我的委託？」

這時候還是乾脆一點轉換話題比較好，畢竟我最近可是深切體會到女人有多麼恐怖。

「關於這點，畢竟季節已經是早春，要說委託當然是有……不過泰勒先生他們已經雇用臨時隊員出發去冒險了吧？」

不要用手指抵著臉頰輕輕歪著頭啦，妳已經不是能做這種動作的年紀了吧……雖然很想這樣講，但我努力忍住了。

如果繼續多嘴，別說禁止進出公會，甚至連冒險者卡片都有可能被沒收。

「要獨自一人完成委託可是很困難的事情喔。雖然最近有位單刷的大魔法師相當活躍。」

「喂喂，獨行魔法師未免太少見了吧，和真那邊的爆裂女孩就絕對辦不到這種事。」

「的確是如此。畢竟一般的魔法師多是在前衛的保護下，從後方施放魔法呢。」

能獨自完成任務啊，那傢伙的身手應該相當厲害吧。真想知道究竟是誰……嗯？孤獨的魔法師……我似乎認識一個這樣的人喔。

雖然有些在意，不過現在的重點是錢。比起別人的事情，自己的事情當然更重要。

「距離高麗菜的收穫期還有一段時間，這麼一來就是討伐巨型蟾蜍了……不過在城鎮周邊冬眠的巨型蟾蜍，都因為某人深夜在城鎮附近施放爆裂魔法而甦醒，所以附近的目標應該都已經被討伐了，目前並沒有驅除巨型蟾蜍的委託。」

「這麼說來……聽說我跟和真一起蹲牢房時，每天晚上都有笨蛋在外面大鬧呢。」

雖然似乎引發了相當大的騷動，不過我都睡得很熟所以沒啥印象。

至於半夜打擾居民的犯人則是立刻就被抓到了……與其說抓到，不如說除了那傢伙以外不做他想。

畢竟就是這麼一回事。在這座城鎮中能使用爆裂魔法的人，就只有和真隊上的爆裂女孩和魔道具店的窮鬼老闆。至於講到究竟哪個人會做出這種蠢事，那根本連思考都是浪費時間。

「所以目前就只有在城鎮裡打雜，以及要出遠門的委託。不過由於是達斯特先生……所以打雜的委託……都無法交給你負責。」

露娜聳了聳肩沒有看向我，還不斷擺動著手指……她肯定隱瞞了什麼事。

「平常我是不會接下那種無聊的工作啦，不過現在有些走投無路了。如果能給我輕鬆的工作，那當然是更好。」

「都到了這個地步，你還想挑選輕鬆的工作啊……真要講起來，你本來就沒有挑工作的權力呢。不只如此……算了，直接說出來會比較好吧。所有的委託人全都反過來指名，說絕對不要讓達斯特先生接下委託。」

「啥——？這到底是怎麼回事？」

「一言以蔽之，這是你的平日言行帶來的結果。畢竟你總是在城鎮中四處引發問題，所以才被大家警戒吧。」

「喂喂，別胡扯了，妳倒是說說我做了什麼啊？」

不過就是在喝醉之後稍微胡鬧了一下，這反應也未免太誇張了吧。

無論是誰都多少做過這種事吧？我絕對要找到講出這種蠢話的傢伙，要求他賠一大筆酒錢治癒我受傷的心靈。

「竟然你都開口問了……這份資料統整了對達斯特先生的申訴，我就一一唸出來吧。偷窺女澡堂、吃霸王餐慣犯、對警察動粗、破壞公物、欺詐、打架騷動、強行搭訕……還有很多呢，你想要繼續聽嗎？」

「今天就先到此為止吧！」

我判斷繼續待在這裡不是什麼好主意，於是趕緊轉身離開冒險者公會。

不過無法從公會那邊接到委託實在太令人困擾了。這全都是因為琳恩他們丟下我跑去冒險害的！等那群人回來之後就等著瞧，我要把他們的獎金一毛不剩全都詐光！

「唉，餓死啦。」

我的肚子從剛剛就不斷發出咕嚕咕嚕的美妙聲響。

不過就算能吃霸王餐，如果無法借到錢，那就算捱得了今天也過不了明天啊。

「錢……這麼說來，我不是有個超級有錢的摯友嗎！」

明明直到前陣子都背負著龐大債務，過得比我還要悽慘，卻靠著討伐魔王軍幹部的獎金一口氣變成大富豪的那個傢伙！

「來去凹和真吧。只要說我找到一間全都是由穿著暴露的大姊姊在當服務生的餐廳，那傢伙肯定會立刻上鉤。接下來只要再稍微煽動一下……畢竟朋友可是很重要的啊！」

而且就算他小氣到不肯請我，也還有跟和真他們組隊去冒險這個手段。雖然我不覺得自己可以控制住那群人，不過這種事就交給朋友負責吧。

也只有和真能夠管控那三個女人了。

當然，我也不會一直讓人請客。只要遇到困難我也會幫忙，等我有錢時也打算加倍奉還。只是不知道何時才會有錢就是了。

「和真那傢伙意外地混得不錯呢。不知不覺間連豪宅都有了，還能跟美女同居。一般來說我應該會嫉妒到抓狂，但是要跟那三個人住在同一個屋簷下……該怎麼說呢……」

嗜酒如命還喜歡開宴會的阿克西斯教大祭司。

除了爆裂魔法一無是處的大魔法師。

攻擊永遠打不到敵人的被虐狂十字騎士。

……果然完全羨慕不起來。

「喔，已經到啦。這棟豪宅還是一樣壯觀呢。好啦。和真，你在家嗎！」

我雖然在門前大聲叫道，卻沒有任何人出現。儘管我又叫了三次，門內卻是毫無聲響。難道沒人在嗎？

「不會真的沒人在家吧？喂喂，這下該怎麼辦才好？」

一旦我的救命稻草和真不在，那情況就完全不一樣了。

到了這一步，我只能向琳恩他們低頭道歉嗎？實在不太想先誇下海口又跑回去拜託，畢竟我還是有自尊的啊。

但將自尊與金錢放上天秤測量的結果……是大大傾向金錢那一方。

「等他們回來之後就去道歉吧，沒辦法了。」

我確實有些不對的地方，這時候就該像個男子漢低頭道歉。

如果不是前往太遠的地方，和真他們應該明天就會回來了。今天只要先想辦法確保睡覺的地方，如果有附餐自然更好。

就沒有能讓我痛毆一頓並收刮錢財也不會出事的小混混嗎？我試著在暗巷繞了一圈，偏偏今天連一個人都沒遇上。

「今天未免太倒楣了。真要說起來，都是這座城鎮的治安太好了。」

阿克塞爾跟別處相比算是相當和平。不但有很多像是巴尼爾老大和大叔那種執著於賺錢，個性非常強悍的商人，就連居民跟其他城鎮的比起來也全是怪人。

冒險者更盡是個性十足的傢伙……真是永遠不會覺得無聊的城鎮。

「我其實根本不該過來這裡吧。」

現在不是為了這種無聊的事情跟夥伴們鬧翻的時候。我這就動身追上他們，然後好好道歉，請他們讓我也一起行動吧。

正當我改變想法，轉身打算前往公會詢問夥伴們的去處時，突然有人從背後叫住我。

「達斯特先生？有什麼事嗎？」

一身村女打扮的蘿莉夢魔突然從暗巷的轉角探出頭來。

難道說在我陷入思考時，身體根據平常的習慣走到夢魔店附近了？

「啊，難不成你是來抱怨一星期免費的事情嗎？因為惡魔非常重視契約，所以無論發生什麼事，都不能取消或更改已經簽訂的契約喔。」

畢竟當時的我連作夢都不會想到竟然會被拘留兩個星期。事到如今，也無法說出「再讓我免費一星期」這種話……雖然我很想說啦。

然而與惡魔之間的契約有其絕對性，也只能乖乖接受了。

「我才不會說那種小氣的話呢。」

而且我現在必須去找琳恩他們才行。那是願意跟我這種人組隊的夥伴，當然要放得比任何事都重要。比起糾結過去，還是要把目光放在當下吧。

「這樣啊。這還真不像欲求化身的達斯特先生會說的話耶……怎麼了嗎？」

「沒什麼，我現在很忙，如果沒有要事那我先走了。」

如果不快點動身，與琳恩他們的距離會越拉越遠。

「我知道了，那我就只說正事吧。關於先前幫助我們時的謝禮變得無效一事，我還是感到相當愧疚。所以只有今天一天我們硬是讓店面公休，好讓達斯特先生獨自包場，我們會全員出動一起招待你。不過看你似乎相當忙碌，所以很遺憾……」

「誰說我很忙了！」

「咦？達斯特先生剛剛才說……」

「是妳聽錯了。快告訴我詳情！」

雖然很在意琳恩他們，不過等他們回來再說也無妨，畢竟不是什麼攸關性命的事。現在這邊比較重要！

「不過，真的沒關係嗎？你剛剛看起來相當焦急呢。」

「嗯，不用在意。我也完全不在意喔。」

這麼好的機會絕對不會有第二次了，我怎麼可以錯過！

我打心底相信夥伴們肯定也能夠理解我的決定吧……

「那麼，請在今天晚上過來我們店裡。我們也會準備食物，所以請不要先吃晚餐喔。」

「好，我很期待！」

看來有機會從最惡劣的谷底轉變成最美妙的一天。

這麼一來也不用擔心吃飯問題了，接下來只要等到天黑啊。夢魔們的盛情招待耶，實在太令人期待了。

到時應該也有包含夜晚的服務吧？雖然在夢中也很棒，不過能在現實中被性感的大姊姊包圍……呵呵呵呵，快點天黑吧。

「所以……成功了嗎？」

怎麼，是不是有粗勇的男性聲音從某處傳來？

我環顧四周後，發現自己正身處不曾來過的地方。大概是忙著妄想，所以一路走到暗巷深處了吧。

「是的……似乎已經成功潛入了。」

這次又傳來跟剛剛不同的男聲，對方似乎人就在前面的轉角。

來的正好，反正在天黑之前我都很閒，就去觀察一下打發時間吧。畢竟我今天相當走運，如果能探聽到可以賺錢的事情就太棒了。

我消除腳步聲靜靜移動到轉角，沒有直接探頭窺視，而是拔出劍將對方的模樣倒映在劍身上。

兩個一臉可疑的男人。那副面相一看就不是什麼正經的傢伙，渾身充滿了犯罪的氣息。

「不過這座城鎮到底是怎麼回事啊？不都說是初學者城鎮嗎？」

「先前打探到的消息確實是如此呢，偏偏盡是些麻煩的怪胎，所以進展得很不順利。」

「那群傢伙真的是新手嗎？」

多虧有那間夢魔店，所以也有中堅冒險者還留在這座城鎮，我完全可以理解他們不想離開的心情啊。

不過，總覺得我好像在哪裡聽過這個聲音？

「綁架的工作也失敗了。實在沒想到貴族千金會是那種人……我們明明也是為了錢，才心不甘情不願地打算綁架她。」

「畢竟也有人跑來礙事啊。如果不是那種人，我們應該還會有點幹勁吧。那實在是看不下去。」

喂喂，這群傢伙該不會是那個打算綁架達克妮絲的奇葩集團吧？

瑟娜似乎也說過有犯罪集團潛入阿克塞爾之類的事情。

這時候還是先不要多管閒事吧，畢竟我的身分已經曝光了。換作平時應該會召集夥伴襲擊他們的基地，再把值錢的東西全部搬光，但現在只有我孤單一個人。

加上我今天晚上也沒空，就當作沒看見……但這樣也不行，不然去跟警察通報一下好了。

正當我輕手輕腳準備離開這裡時——

「在那傢伙混進去的隊伍中，那個有著娃娃臉的女人是叫琳恩對吧？」

他剛剛說了什麼？如果我沒有聽錯，那他應該是講了琳恩的名字？

「是啊，那個長得很可愛的女人名叫琳恩。所屬的隊伍成員為兩男一女，聽說是因為少了一名隊員，所以簡簡單單就接受他加入了。」

「多虧那傢伙長得一副濫好人的模樣，能簡單博得對方信任實在太輕鬆了。男人們只要迷昏後剝光就好。對男人就算再粗暴也無妨，但是對待女性時就要溫柔點，絕不能讓她哭。如此的娃娃臉可是很珍貴的。」

「如果能再年輕一點就好了，不過外表看起來比實際年齡幼小這點分數很高呢。」

「要是連肉體都很稚嫩自然很棒，但也不該奢求太多。是說那種明明活了好幾百年，肉體卻依然是蘿莉的發展，最對我胃口了。」

「蘿莉老太婆嗎？這我就難以理解了。果然年幼的精神跟稚嫩的肉體共存才能算是真正的蘿莉吧？」

「就是因為這樣你的地位才會一直爬不上去啦。看來蘿莉這個詞的定義已經定型化了，你的內心應該要更寬容地去接受各種蘿莉才行啊，有沒有聽過反差萌這個詞？」

「反差萌……這個迅速滲透我的心靈，聽起來無比甘美的詞彙究竟是什麼？」

雖然後半的對話我大多都沒聽清楚，不過他們明明是在討論綁架這種嚴重的事情……是不是有些奇怪啊？

該說他們是在誇獎琳恩嗎，我甚至多少覺得這群人溫柔得不像是罪犯呢。

「如果不是老客戶提出的委託，我還真不想把人交出去呢，畢竟沒錢什麼都不能做。」

「的確是這樣呢，頭目。至少在交給貴族之前，我們要好好對待目標，這就等同於是我們的使命。是不是差不多該前往約好的地點了啊？雖然其他同夥已經先出發，但我們還需要做好偷襲的準備。」

這下就確定……我放過他們的理由消失了。

泰勒他們也是笨蛋。明明我平常就不斷跟他們說了，看起來很善良的人都不能信任。

雖然他們的談話中有一些我無法理解的內容，不過可以確定他們就是綁架犯。由於關係到我夥伴的安危，所以不需要手下留情。

「的確，可不能遲到。」

「喂，等一下。」

當被稱為頭目的男人在聽見我的呼喊回過頭後，我立刻迎面給了他一拳。

接著趁另一個人還沒反應過來發生什麼事時，對準他的胯下踹了上去。

「唔咕！」

所謂的偷襲就是這麼回事啊。

好啦，口吐白沫的那個傢伙可以先不管，得把倒在地上的頭目綁起來才行。既然手邊沒有繩子，就拿嘍囉的腰帶來用吧。

很好，這樣他就無法逃跑了。如果要綁我還是比較想綁女人啊……先不講這個，還是趕緊打聽一下詳細情形吧。

「快給我起來。喂。」

「咳噗！」我朝倒在地上的頭日的肚子輕輕一踢，他就像是要把腹部空氣全吐出來般咳了起來。

「醒來的感覺如何？」

「你做了什麼！……你到底在做什麼？」

「看不出來嗎？我正在搜刮應該可以換錢的東西啊。」

畢竟是嘍囉，錢包裡沒什麼錢。其他比較值錢的看來就只有一把短刀。嘖，實在有夠窮耶。對了，乾脆把衣服也剝下來賣掉吧。

「竟然連衣服都搶……太過分了。」

那個頭目似乎在碎唸著什麼，不過就無視吧，無視。

想要的東西都拿到手了，接下來就把倒在暗巷地上的玻璃瓶打碎吧。

哎呀，鞋子也脫掉好了。這麼一來就算不小心讓人逃走，我也能立刻追上他。前提是這傢伙有勇氣光著腳在碎玻璃上跑步啦。

「你們也多存一點錢吧，竟然這麼窮……不對，把你們剛剛討論的事交代清楚。」

「剛剛討論的事？我聽不懂你在說什麼。而且你為什麼要問這種事？這跟你無關吧？」

裝什麼傻啊，真是有夠麻煩。

我多得是能讓你開口的方法，但現在時間有限就快點解決吧。

「你們打算設計陷害的目標，很可惜的似乎正是我的隊伍成員，這麼一來我怎麼可能視而不見呢。」

「不是關於蘿莉的討論，而是另一件事嗎！」

頭目的臉色瞬間大變，他大概只把我當成是充滿正義感的冒險者吧。一般來說，的確不會覺得這個突然冒出來的傢伙跟目標有關係呢。

「好啦，快回答我的問題。要是你敢說謊或是有所隱瞞……」

「哼，難不成你想說就算要動手也會讓我開口回答嗎？冒險者大人，你總不會用暴力對待無法抵抗的人吧？」

「我怎麼可能做出那麼野蠻的事呢？我想想啊……就讓你跟自己全裸的手下愉悅地玩玩吧。」

「咦？」

我的發言似乎出乎那傢伙的意料，只見他傻傻地張大了嘴巴一臉呆滯。

「首先就讓你跟那個昏過去的傢伙來個熱烈的接吻吧，然後再讓那個傢伙張開大腿，把你的臉埋進他的胯下好了。」

「喂，住手！你、你是在開玩笑吧？」

「這究竟是玩笑還是會變成現實，就要看你的回答了。」

不使用暴力，而是溫柔地靠交涉來和平解決。

我臉上堆滿了笑容，慢慢朝全裸的嘍囉走去。

當我將嘍囉的身體從後方拉起拖過去後，便與眼角含淚猛力搖頭地望著這裡的頭目四目相接了。

# 3

「暖呼呼的那個……暖呼呼的那個……」

「這傢伙相當頑強耶，雖然還是在那階段讓他屈服了。」

作為他把一切消息都講出來的謝禮，我將頭目跟全裸的嘍囉綁在一起。

希望他不會因此覺醒奇怪的興趣。

話說回來，有綁架集團混進阿克塞爾啊。這裡是歸我管的城鎮，我可不打算讓外人在這裡出頭。

「不過我還真是失手了。」

頭目不清楚會合的地點，就只有那個被踢了男人重要部位的嘍囉知道。但是這傢伙徹底失去意識，無論我做什麼都弄不醒他。

不過我還是有別的方法能得知這些傢伙要去哪裡。

走在路上時突然想到夢魔店就在附近，雖然要繞點路不過我還是去了一趟。即使距離約好的時間還有好一陣子，我仍毫不客氣地打開大門。

「不好意思，今天臨時公休……咦？達斯特先生，怎麼了嗎？我們還沒有開始準備耶。」

整間店內只有我已經看膩的蘿莉夢魔。

「妳也無所謂啦。快去通知警察，暗巷有兩個被綁住的男人熱烈地交纏在一起，那是先前襲擊達克妮絲的集團。我現在很忙，後續就麻煩妳了。」

「咦？那是達斯特先生的功勞吧！發生什麼事了？如果是平常的達斯特先生，應該會去找警察語帶諷刺地自傲一番啊？」

「我現在沒時間，拜託妳了！」

「等、等等，請把詳情……」

沒等蘿莉夢魔回應，我就動身前往下一個目的地。

得去公會詢問夥伴們前往的地點才行。

我盡全力跑過熟悉的道路，也沒時間調整呼吸就衝進公會。

就這樣直接跑去找站在櫃檯前面的露娜。

「達斯特先生，你回來得還真快呢。找到能陪你一起接委託的隊友了嗎？」

「現在不是做這種事的時候，快告訴我琳恩他們接了什麼任務！」

我沒有時間在這邊閒聊了。如果不快點問出地點並追上去，很可能就來不及了。

「發、發生什麼事了？請你稍微冷靜一點。」

「別問了，快點告訴我！」

「呃，關於這點，那個……琳恩小姐他們有吩咐我不可以告訴你，說是『達斯特很可能因為嫉妒跑來搗亂，所以別跟他說我們的目的地』。」

「那個笨蛋！就只會把腦袋花在這種多餘的事情上面。現在狀況緊急，拜託妳！」

雖然我雙手合十低頭拜託，但露娜只是有些慌張，依然不打算開口。

畢竟對公會來說信用第一，作為公會招牌的櫃檯小姐露娜會守口如瓶也很正常。然而現在的狀況不是堅持這種事的時候。

看來我只能把一切都說出來了。

「請詳細告訴我理由，不然我絕對不會告訴你。」

「其實……不是有個傢伙跟他們組隊嗎？那個人其實是潛入這座城鎮的犯罪集團成員。」

「看來……你不是在開玩笑呢。請告訴我詳情。」

看著我認真的眼神，露娜也冷靜下來緊盯著我。

總是與眾多冒險者打過交道的人，一瞬間就看出我非常認真。

「稍等一下，關於這件事我也很有興趣。」

瑟娜不知為何突然出現在櫃檯的另一側，只見她伸手推了一下眼鏡後開口插話。

「為什麼瑟娜會在這裡？」

「我只是有點事情要找露娜商量而已，不用在意。你口中的犯罪集團難道是……」

「啊，之前也有提過吧，在那間店的時候。」

「是那個時候……」

她的臉頰有點紅呢，看來是想起自己在夢魔店時的打扮了呢。

平常的話肯定要好好捉弄一番，但是今天就饒過她吧。

順便提一下那兩個被綁起來的傢伙好了。這樣正好，有瑟娜在這件事也會比較有說服力。

「話雖如此，這不是能在這裡談論的內容。露娜，跟妳借一間後面的房間。」

「好的，沒問題，我也會加入討論。」

正當我催著露娜起身準備走去後面時，背後突然傳來一道聲音叫著我的名字。

「啊，終於找到了！真是的，達斯特先生。你只說暗巷我怎麼會知道人在哪裡呢？要把詳細地點告訴我才行啊。」

我一回過頭，就看到皺著眉頭一臉憤怒的蘿莉夢魔站在那裡。

## 4

「換句話說，先前打算綁架澾克妮絲的集團，這次欺騙了達斯特先生的夥伴加入隊伍當中，打算在埋伏好的地點襲擊他們，等搶奪完值錢的物品後，就綁架琳恩小姐交給某個貴族。這可是販賣人口呢……」

聽完我的說明後，瑟娜開口做出總結。

在這個本來用來與委託人商談的狹小房間中，擠了我、瑟娜、露娜以及不知為何跟進來的蘿莉夢魔。

「若是這樣那就另當別論。我知道了，我就把他們的目的地告訴你吧。我們收到委託，希望能派人討伐基爾地下城附近的哥布林集團，該地點距離阿克塞爾徒步約半天左右。」

基爾地下城是那個新人冒險者經常用來練習探索迷宮的地點吧，我也有去過那裡。

記得從城鎮往山的方向走上半天，之後就只能入山循獸徑前進，不然無法抵達。

「如果中午過後才出發，到那邊天都黑了。晚上爬山實在太過無謀，這麼一來，就會露宿等早上才會動手討伐吧。」

「沒錯，這可以說是冒險者的常識。手冊上也是這樣指導喔。」

露娜說的手冊就是放在公會中，用來指導初學者的冒險說明書。裡面詳細記載了給初學者的建議及說明。

雖然是作為冒險者都至少該閱讀過一次的東西，但我沒有印象自己有看過。

「這麼一來，深夜時刻最適合偷襲達斯特先生的夥伴們，只要趁混進去的人負責守夜時下手……」

「就能輕而易舉完成工作吧。」

我幫語塞的瑟娜說完最後一句。這個推理應該沒錯，如果我是那群人肯定會這麼做。

「他們已經出發好一段時間了，即使急急忙忙追上去也不一定來得及。」

「而且根據我接到的報告，對方至少有十人以上。一個人過去太魯莽了。」

這種事不用瑟娜講我也知道。而且他們之中很可能至少有一名高手，就是在達克妮絲綁架未遂事件時感受到的那股視線。從我的經驗判斷，拿夠放出那種殺氣的傢伙肯定很危險。

這麼一來，只能賒帳雇用冒險者了。畢竟是緊急狀況，公會應該也願意幫忙吧。

「露娜。現在有正在找工作的隊伍嗎？」

「關於這點，靠獎金度過一個冬天後幾乎所有人都很缺錢，所以大多都去冒險了……」

「這也未免太糟了。不過總會有人沒出門吧？應該還是能找到幾個閒人？」

「雖然等傍晚工作結束後，大家就會聚集在公會……」

但是等到那個時候肯定就來不及了。

我剛剛有稍微環視過整個公會，偏偏在這種時候芸芸卻不在。明明她就只有作為魔法師的實力貨真價實啊。

「警察這邊也不能因為不確定的情報就調動人手，抱歉了。」

瑟娜低頭道歉，這女人未免太有禮貌了。由於頭目一直保持緘默，所以唯一的證據只有我的證詞。加上我畢竟常常受到警察照顧，就算瑟娜願意相信，其他人也不會相信吧。

「沒辦法了，我就獨自追上去吧。只要能在對方襲擊前跟他們會合，應該還是可以順利解決吧。不過這麼一來，就需要移動手段了，最好是馬匹或馬車啦。」

事到如今如果徒步去追，就算再怎麼掙扎也來不及。

而且那裡不在共乘馬車的路線上……最糟糕的情況下，就算得動手偷馬也要追上去。事到如今，就算再追加一兩項罪狀也無所謂了。

「請稍等一下，關於這件事我有一個辦法。」

一直保持沉默的蘿莉夢魔突然拍了手，接著用力點頭。

講到夢魔認識的人，難道她要找上級惡魔來幫忙嗎？

該不會是指巴尼爾老大？老大是看心情做事，如果是同為惡魔的夢魔開口拜託，可能會比較有用，這時候就麻煩她或許會比較好。

找巴尼爾老大幫忙雖然有些不安，但現在不是計較手段的時候了，就讓我把可以利用的事物都拿來用吧。

「啥？為什麼是這個傢伙啊？」

講好在阿克塞爾的正門會合後，我就急忙到雜貨店及魔道具店收集旅途所需的東西，然後全都裝進背袋當中再趕過去，不過為什麼是這傢伙來幫忙啊？

繞去魔道具店時，我有看到蘿莉夢魔在跟巴尼爾老大交談，本來還以為她是在拜託老大同行，結果卻並非如此。

「好久不見了，達斯特先生。」

我對這個隔著頭盔的模糊聲音有印象。

不如說這個頭盔給我留下了深刻的印象。對方正是在面對測謊用魔道具時，受了他不少照顧的那個頭盔男。

「那個，我需要的是能充當戰力的幫手，可沒有要找貴族少爺喔。」

「不用擔心。為了成為一名優秀的騎士，我從小就有持續鍛鍊，所以對自己的槍術還算有自信。」

看他輕快遞揮動手中長槍的動作，感覺相當有模有樣。

長槍啊，身為貴族還擅長使槍是嗎……

「達斯特先生，怎麼了嗎？」

喔喔，不要靠那麼近盯著我看。

雖然妳毫無性感魅力可言，但我還是會被嚇一跳耶。

「沒事，現在多一個戰力是一個。」

如果真有個萬一，就曝光頭盔男的貴族身分給敵人知道吧，畢竟對方的目的是綁架人質，這麼一來他至少可以得救。

「我在跟頭盔先生告知達斯特先生遇上危機後，他就立刻答應要與你同行喔。不止如此，還迅速幫忙準備了馬匹。」

「那兩匹馬原來是這樣來的喔。」

不僅毛色很有光澤，肌肉也非常勻稱，而且個性似乎很溫馴。看來培育得相當不錯，不愧是貴族大人。

「這兩匹都是我家飼養的馬。達斯特先生，你會騎馬嗎？不會的話也能坐在我後面……」

「哎，只是騎個馬沒問題啦。」

雖然真的很久沒騎馬了，不過身體還記得。

「話說回來，真虧妳能聯絡到這個傢伙呢。妳是知道他住在哪裡嗎？」

「啊，這個……只是頭盔先生偶然來到附近，所以我立刻就找到他了。」

「只是偶然。」

如果真是偶然，為什麼這兩個傢伙要移開視線啊？

是做了什麼不可告人的事情嗎？話說回來，明明身為貴族卻經常光顧夢魔店呢。不過也有可能是這傢伙準備偷窺女澡堂時，正好被蘿莉夢魔撞見。

「好啦，總之我會幫你保密。」

我同情地拍了拍頭盔男的肩膀後，立刻感覺到有奇怪的視線從頭盔中傳來。

他喘著粗氣這點也是跟之前一樣。

「是，我也會努力不被發現！」

「喔、喔喔。」

這人對偷窺也未免太過執著了。還有別因為受到鼓勵就興奮地把臉靠過來，喘著粗氣的聲音實在有夠吵。

「喂，妳為什麼用那種表情看我啊？」

蘿莉夢魔看著我們，一邊說著「這下糟了」一邊伸手扶著額頭。

是因為我說了會助長犯罪行為的話嗎？偷窺這種事是男人的嗜好吧……不過如果在警察面前這樣講，可能立刻就會被關進牢裡。

「好了，廢話就到此為止。可以出發了吧？」

「隨時都可以。」

這回答真棒，聽起來幹勁十足呢。

我一跨上馬鞍，頭盔男也立刻上馬。
「那麼，希望兩位常客可以平安歸來。」
打算目送我們離開的蘿莉夢魔正對著馬上的我們揮手。
竟然刻意用常客這個詞彙，還真是會做生意。
「嗯？妳也跟我們一起去啊。」
我邊說邊抓住蘿莉夢魔的手，沒等她回答就將她拉上馬。
「咦？我也一起……為什麼啊啊啊啊啊啊啊啊！」
畢竟那群人似乎很喜歡年幼外表的女孩子，妳肯定非常適合當誘餌吧。

## 5

「風吹起來好舒服喔。啊，遠處有一隻可愛的小鳥！」
蘿莉夢魔坐在馬背上雀躍地看著風景。
一開始還很不情願，現在心情又變得很好呢。
「那個頭上長了角的兔子好可愛喔！走路的樣子也很可愛！真想在店裡養一隻。」

「那是一角兔呢，那傢伙的手段就是靠這種可愛的動作吸引人，等妳毫無防備靠過去就用角捅死妳。」

「咦……」

那個畢竟也是魔物啊，附帶一提還是肉食性。

這時我因為感受到視線回過頭去，接著就與跟在後方的頭盔男四目交接……應該吧。雖然我看不到他藏在頭盔裡的臉，但是他的視線卻讓我背脊發涼。

還真虧他這次願意幫忙呢。雖然事到如今才講這個也很怪，但是一般而言應該不會願意把馬匹借給只是在夢魔店認識的點頭之交，甚至親自出馬幫忙討伐罪犯。

從初次見面時就一直感受到的那股視線也一樣，究竟是有什麼樣的理由呢？

仔細回想至今為止的事情……啊，原來如此！真是的，我完全沒有注意到呢。頭盔男的目標原來是蘿莉夢魔！因為我經常跟這傢伙在一起，所以他在嫉妒嗎？

這次會願意幫忙，也是因為開口拜託的是他所喜歡的蘿莉夢魔──只要這麼想就說得通。

這麼說來，他在店裡時也沒有看向其他夢魔，而是一直盯著我這邊，也就是蘿莉夢魔所在的地方看。原來如此，我完全想通了。

「再怎麼樣也是夢魔啊。」

「咦？達斯特先生，你剛才說了什麼嗎？」

明明聲音或身材都還只是個小鬼，雖然我不打算對別人的喜好說三道四，不過這傢伙到底哪裡好了？

「那個，一直被盯著看我也是會害羞的喔。」

在店裡的打扮明明總是近乎半裸，真搞不懂她在害羞什麼。

而且現在的服裝幾乎沒有裸露出肌膚，這傢伙的基準實在難以理解。

「達斯特先生，我們沒有走錯方向吧？」

頭盔男來到我旁邊並行開口問道。

他果然因為我正在與蘿莉夢魔聊天感到嫉妒，所以過來礙事了。

反應會這麼大是因為我跟蘿莉夢魔看起來感情很好的關係吧，這傢伙果然迷上她了。

畢竟上次跟這次都深受你的照顧，我就來幫你一把吧。

「維持原路就行了。哎呀，我這匹馬因為載著兩個人似乎有些疲憊了，可以讓這傢伙坐過去你那邊嗎？」

「我才沒有那麼重呢！」

女人只要講到歲數跟體重的話題就會出現敏感的反應，實在有夠麻煩耶。

這也是為了實現你重要的常客，也就是頭盔男的願望，不要反應過度，好好幫忙啦。

「讓她坐過來嗎……真要講起來，我比較希望是達斯特先生……」

「啊？你說什麼？我沒有聽清楚耶。」

由於風聲讓我沒有聽清楚他的回答，但是感覺他不大有興趣呢。我原本以為他會很高興，是因為太害羞所以正在猶豫嗎？

從今天起，我就為他們多留心一下吧，只要跟錢無關我都願意幫忙。而且如果順利撮合，他們說不定還會請我喝酒以表謝意呢。

「我感受到充滿慾望的眼神了……」

「別在意。」

「雖然感覺很色，不過並非是在對我發情……」

「別在意。」

這傢伙為什麼一臉不悅啊？

而且另一名同行者頭盔男的視線一直固定在我身上，實在太恐怖了。他的視線連一瞬間都沒有移動過。

雖然現場的氣氛不太妙，不過只要維持這個速度，再過幾個小時就能追上。

如果知道敵方的埋伏地點就省事多了，但是那個嘍囉一直無法開口。

我踹下去時如果有手下留情就好了。就算真的破掉，應該也能靠「Heal」治療吧……真的有必要我還是能幫忙出治療費啦。

「現在最優先的事情是跟達斯特先生的夥伴會合對吧，不過如果在途中先遇上犯罪集團，那我們該怎麼辦才好？」

「喂喂，不要講這種話啦，這可是所謂的插旗喔。雖然我也是從和真那邊聽說，不過這種話只要一說出口就會成真喔。」

「怎麼可能會有這種事呢，如果真是這樣，那我們不就會偶然在這裡遇上那群罪犯嗎？不可能啦，哈哈哈。」

我不清楚蘿莉夢魔究竟覺得哪裡有趣，只見她露出天真無邪的笑容。

接著因為我們看起來聊得很開心，頭盔男的視線跟著銳利起來……這到底是什麼狀況？

「不過對方的確有可能跟我們走在同一條路上。」

頭盔男也真愛操心，這根本是杞人憂天吧。即使對方有發現我們，但是他們接下來準備襲擊我的隊友，根本沒有空攻擊我們吧。

「話雖如此，但是不用擔心啦。那群人不可能毫無計畫性就襲擊我們，畢竟他們至今好歹也是在執行計畫性犯罪喔，不可能跟山賊一樣隨機襲擊。除非那群人是超級大笨蛋。」

「達斯特先生，你這不就是在插旗嗎……」

還真會講啊。不過算了，這種事情根本不可能發生啦。

「兩位，看來真的不能小看這個插旗的效果呢。前方有一群人衝出來了。」

「喂喂，也太剛好了吧。」

這群人出現的時機好到讓我忍不住懷疑，他們是不是事先說好要演這場戲了。

對方總共七名男性，而且絕非正派人士。雖然看上去很像冒險者，但是渾身充滿煞氣。從全員手上都握著武器來看，他們似乎不打算進行交涉。

那道充滿殺氣的視線似乎不在，但是對方人數有點多，難以收拾掉他們。對方似乎沒有馬匹，不然直接策馬衝過去好了？這也不行，有兩個人握著弓箭。

「你們不要開口，只要配合我演戲就好。」

聽到我這麼說之後，兩人雖然驚訝仍點頭同意。

就讓你們見識一下我那足以傳遍大街小巷，超一流的鬼點子吧。

「喂，你們就是頭目說的同伴吧？」

我在對方發動攻擊前，就先用親切的語氣搭話，同時邊揮手邊靠過去。

「不要攻擊我們，是頭目雇用我要我帶這孩子過來啦。大家不是在收集蘿莉長相的女孩嗎？」

我拍了拍外表無論怎麼看，都像是年幼村女的蘿莉夢魔的頭。

光是這麼一個動作，蘿莉夢魔似乎就已經理解我要做什麼，她立刻就裝出害怕的模樣。

「啊、嗚……請讓我回家……」

她的演技還是一樣逼真呢。這個不知所措苦苦哀求的表情真是太棒了，帶她過來果然是正確的選擇。

「等等，所以你們是想加入我們嗎？」

拉近距離後我就放慢馬匹的速度，緩緩朝放鬆警戒的罪犯們靠近。

「沒錯。我是在阿克塞爾幹小混混勾當時被頭目看上。由於我會騎馬，頭目就命令我來通知大家他會晚點過來。所以說，這個女孩就是給大家的見面禮。」

「哦～挺機靈的嘛。一旦襲擊了冒險者就無法再待在這座城鎮了。蘿莉能增加當然是件好事……但是新來的，你太不成體統了！」

幹嘛突然那麼激動？難道是看穿我要加入他們這點其實是在說謊嗎？雖然我伸手握住劍柄，不過面對這個人數差距實在是壓倒性不利。

「那孩子不是在哭嗎！小妹妹，不用害怕，已經沒事了。喂，快點把甜點拿來！」

「是！」

「「「咦？」」」

他們出乎意料的應對，讓我們發出傻呼呼的回應。

領隊溫柔地安慰起蘿莉夢魔，其他人則是俐落地準備好折疊椅以及桌子，接著在桌面擺上各式各樣的甜點。

椅子上不但放了軟綿綿的坐墊，桌面上甚至還裝飾了花朵。

「好了好了。請坐來這邊。」

「呃，好。」

雖然蘿莉夢魔用眼神向我求救，但我也不知道該如何是好。

看到我總之先點頭，她就心不甘情不願地下馬坐到椅子上。

望著眼前剛泡好的紅茶和點心的組合，蘿莉夢魔似乎相當困惑。

這群一臉凶惡的傢伙沒有觸碰蘿莉夢魔，而是保持一定的距離盡心照顧她。

「味道如何？」

「非常好吃，嗯。」

蘿莉夢魔膽怯地回答了那個臉上堆滿了笑容的男人。

聽到她的回答後，兩個男人不知為何高興地相互擊掌。

「有磨練自己製作甜點的技術真是太好了……我就是為了這一刻活著啊！」

「太好了！至今為此的辛勞都得到回報了！」

只見淚流滿面的兩人互相拍了拍肩膀，其他人也是一臉感動……這是怎樣？

這些看起來很好吃的點心是這傢伙做的嗎……那個無論是身材或長相都跟熊一樣的大叔竟費工做出點心？

所有人一臉滿足地點點頭，接著在桌子旁邊排成一列。

看他們全都挺直了腰桿，似乎正打算做些什麼，這時候千萬不能放鬆警戒。

雖然是個詭異的團體，但畢竟是犯罪集團，絕對不能大意。

「團內規則，第一條！再怎麼深愛蘿莉，也絕對不能出手！」

「「「再怎麼深愛蘿莉，也絕對不能出手！」」」

這群人突然開始複誦起其中一名男人說出的宣言。

「第二條！絕對不能對蘿莉抱持性慾！」

「「「絕對不能對蘿莉抱持性慾！」」」

啊，這些傢伙是蘿莉控啊。

他們是貨真價實的危險人物。

蘿莉夢魔也開始坐立難安了。由於那傢伙的外表看起來相當年幼，應該正中這群人的好球帶吧。

即使這群人的腦袋有問題，還是有著人數差距。這時候先配合他們再找機會逃走比較穩當。

我原本打算趁他們大意動手偷襲，不過這群人雖然蠢話連篇卻有貨真價實的戰力。從走路時重心的移動及身體的擺動來看，就能確定他們全都是練家子。

「那個，我們邊吃飯邊討論詳細情形吧。晚上有重要的工作要做，雖然時間還有點早，但是不快點吃飯然後追上去……」

「團內規則第十三條！這麼說也是……話說回來，我們是不是在哪見過？」

能夠中斷他的宣言當然是好事，偏偏這傢伙又開始提起奇怪的事。

他們其中一個傢伙也盯著我的臉皺起眉頭。

「真巧。我也覺得似乎有見過這個他。」

接著又有三個人做出相同的反應。這些傢伙是在達克妮絲綁架未遂事件中，跟我打過照面的那幾個人嗎？雖然我已經印象模糊了，不過似乎就是這幾個聲音啊。

啊，這下糟糕。等這幾個傢伙回想起來我們就完蛋了。

……現在只能努力裝傻蒙混過去。

「應該是錯覺吧？跟我長相類似的男人根本滿街都是啊，老大。」

「我記得那頭暗沉的金髮是……嗚咕！」

這個即將發現我真實身分的男人，突然被槍柄打中頭部並倒在地上。

不用確認我也知道究竟是誰出手，當然是那個頭盔男！

趁著這群人還沒反應過來時，他又從馬上打倒了另一個傢伙。雖然他的實力確實不錯，不過敵人看來也不是省油的燈，第三個人勉強接下了他的槍尖。

「你這傢伙在做什麼！」

我飛身下馬揮劍砍向旁邊的兩名男人，卻被他們在千鈞一髮之際躲過。

「同夥的說詞原來是在騙我們！幹掉他們！啊，千萬不要傷害蘿莉啊！」

「那當然！」

所有敵人都退開一步並架好武器。敵方減少兩人剩下五人，我方雖然有三個人，不過有一個人不成戰力，就這樣繼續戰鬥實在太過不利，這麼一來能採取的行動就只有那個了。

「好了，我們撤退！要全速逃跑了！快過來！」

我重新乘上馬，接著伸手抓住蘿莉夢魔，一口氣將她拉上來。

「蘿莉強盜！」

「別把人講得那麼難聽！」

雖然有一名男人邊喊出奇怪的話邊提槍打算刺我，但是蘿莉夢魔擋著讓他無法順利攻擊。

我們趁機策馬逃離現場，頭盔男也跟在後面。

那群人雖然連忙舉起弓箭，但是非常遺憾。

「可惡，弓弦被砍斷了！」

「我的也是！」

我剛剛揮劍的目標從一開始就不是你們，而是那兩柄弓啊。

哼，在欺騙對手和逃跑這兩件事上，我可不會輸給任何人！

「掰掰！雖然我們不會再見了，不過你們好自為之吧！」

「給我回來！至少把蘿莉放下再走啊啊啊啊啊！」

雖然能聽見敗家犬的叫聲，不過我決定無視直接逃走。

拉開一定的距離後，我才放慢速度跟頭盔男並肩而行。

「很好，總算是順利逃掉了。」

「竟然連壞人都能騙倒，達斯特先生的手腕真是高超。」

「騙人的本領真的是超一流呢！」

「對吧。由本大爺親自出手就是這麼簡單啦。」

那群人的移動速度會隨著看是要丟下被打倒的兩人繼續行動，還是等他們恢復，而有所不同。無論結果如何，只要我們繼續騎馬前進就肯定不會被追上。

「接下來就直接去找達斯特先生的夥伴吧？」

「啥？妳在說什麼？現在當然是要布下陷阱，準備偷襲剛剛的犯罪集團啊。」

「咦？」

不需要驚訝到說不出話來吧？由於看不到頭盔男的表情，所以我不清楚他究竟做何反應。

「不要一臉呆樣啦。現在已經知道我們有著對方沒有的高機動力，所以沒有必要慌張了。雖然繼續前進也行，但如果無法順利找到夥伴，那就只是在浪費時間，這樣反而比較困擾。為了問出敵人預定埋伏的地點，在這邊打倒他們會比較快。」

「雖然是這樣沒錯。不過我們才剛從他們手中逃走耶。」

「正因為如此，他們不會認為剛剛才逃走的人會埋伏偷襲自己。加上他們正拚命從後面追趕我們，注意力肯定相當渙散，即使是再簡單的陷阱也無法看穿啦。」

要是我們先會合了，他們的計畫就會完全泡湯，因此那群傢伙現在應該滿著急的吧。要是他們就此逃走也無所謂就是了。

「不過設置陷阱所需的道具該怎麼辦？」

「這裡有著豐富的大自然資源。而且對冒險者來說，情報和事前準備都不可或缺，如果無法正面進攻，那就動腦設陷阱讓敵人上鉤。在我帶來的這個背袋中就有許多好用的東西。」

「達斯特先生……你要不要轉職去當盜賊？」

「我拒絕。別說廢話了，快點開始動手。沒剩多少時間了，動起來，快工作！」

「竟然被達斯特先生要求工作，我覺得有點受到侮辱。」

這是什麼意思啊！如果有空講廢話，不如跟頭盔男好好學習。

他已經把馬拴在安全的地方，等著我下達指示了。如果這次進展順利，我一定會積極促進他跟蘿莉夢魔的感情。

「好了，快點開始動作！」

## 6

陷阱設置完畢，也準備了完美的作戰計畫。

分配好每個人要負責的事情後，就只要等待那群人現身了。

雖然是群讓人恨不起來的傢伙，不過依然是未遂及現在進行式的綁架犯。而且還說過要把目標交給某個貴族。

無論理由為何，我都不會原諒那群打算傷害我夥伴的傢伙。

我們埋伏的地點是通往基爾地下城的獸徑前方。是個勉強算是道路存在的地點。

這段上坡路段的寬度最多只能讓兩名男人並行。道路兩旁是陡峭的斜面，而且還長著高達膝蓋的雜草。

我們可以說握有地利。

這時遠方傳來許多人的腳步聲，而且聲音逐漸變大變清晰。

我趴在路旁的雜草堆中觀察敵人的模樣，就發現七個男人滿身大汗往這邊走來。

這裡沒有岔路，他們也沒有在長滿雜草的斜坡上前進的理由。很好很好，目前為止都跟我的計畫一樣。

「動作快！如果這次失敗，沒人知道頭目會怎麼處罰我們。我的祕密收藏甚至有可能會被悉數奪走！」

「如果我的愛麗絲大人寫真集被奪走，那我就沒有活下去的希望了！」

「我也有幾項收藏似乎被頭目盯上了。可惡，這條路偏偏在我們急著趕路時特別難走！」

雖然他們似乎很焦急，不過那位頭目目前正在享受牢獄生活呢。

正當他們開始爬坡時，渾身濕透的頭盔男出現在眾人前方。

他彷彿要堵住道路般站在那裡，居高臨下俯視著那群人。

「你是剛剛那個傢伙！為了讓我們剝光在這邊等著真是勇氣可嘉。剩下的兩個人……喂，你在做什麼！好痛！」

頭盔男完全無視他們的怒罵，只是默默地用事先撿好，約手掌大小的石頭朝他們扔去。

「喂，住手！你是小鬼嗎！不要丟石頭，很痛啊！真的要丟就給我換成剛才的蘿莉來丟！少女拚命丟著石頭的模樣……感覺就很萌，嗚啊！」

直接命中臉部啦，雖然沒什麼殺傷力不過還滿痛的。如果打中的地方不對，骨頭搞不好還會出現裂縫呢。

敵人密集站在狹窄的道路上，我方則從高處投擲石塊攻擊。加上敵人失去弓箭，也沒有其他遠程攻擊的手段，這單方面進攻的景象甚至讓人覺得有趣。

「哈哈哈哈，喂喂，這畫面真是不錯呢！」

從側面的斜坡頂端俯視那群被石頭砸中的傢伙，我抱著肚子大笑起來。

雖然這也算是種挑釁，不過一半以上是因為我真心覺得有趣。

「竟然敢戲弄我們！」

「你們兩個從側面繞過去！你們想辦法處理掉在那邊狂笑的傢伙！我從正面進攻！」

想靠斧頭保護臉硬是衝上去嗎。其中三人從我所在的右側斜面，另外兩個人則是想從左側斜面爬上去啊。如果那裡只是普通的坡道，倒也不是爬不上去啦……

「嗚、哇啊啊啊！這是怎樣？這裡是剛剛下過雨嗎？草上都是水根本站不穩！」

「咳噗！好痛，有東西絆倒我了！」

看著這群人不是滑倒，就是在抵達道路前被我用雜草編成的陷阱絆倒後，我更是笑到合不攏嘴。

「嘿嘿，孩子們沒事吧？走得不錯，走得不錯喔。」

「別開玩笑了！雖然我喜歡小女孩，但絕不允許有人把我當成小女孩對待！」

情緒越是焦急，他們的腳步就越是不穩，只見這群人不斷跌倒完全爬不上來。

哎呀，還是丟顆石頭給正在爬另一側斜面的傢伙當禮物吧。

我扔出的石頭漂亮地命中敵方的後腦杓，讓他連同跟在後面的同夥一起滾了下去。

「算了，放棄側面！所有人從正面突破，保護好臉部跟我一起衝上去！」

看來他們放棄斜坡決定從道路進攻了，一般來說這是最正確的選擇。

畢竟區區石頭只要靠防具就能抵擋，不過你們以為我達斯特大人沒想過這招嗎？

「聚集得很緊密嘛，拜託妳嘍！」

「了解～～」

蘿莉夢魔回應我的信號，從埋伏的樹上飛了出來。

不是村女的模樣，而是以很暴露的打扮拍動背上的蝙蝠翅膀，整個人漂浮在空中。

「什麼？那名少女是天使嗎！」

不，那對翅膀怎麼看都是惡魔吧。

蘿莉夢魔在飛到吃了一驚的那群傢伙的正上方後，就將原本小心翼翼抱在懷裡的那顆封印著雷擊的魔道具球用雙手從兩側抓住。

「那麼，雷擊發動！」

握在她手中球體朝正下方落下雷擊，在擊中一個人之後，迅速透過濕透的地面四處蔓延，將那群人一網打盡。

這個道具的威力比想像中還強呢，都可以聞到焦味了，他們應該沒死吧？

「這個魔道具好厲害喔！」

雖然從天空降落的蘿莉夢魔一臉意猶未盡，不過能做到這點全因為她是可以自力飛行的惡魔，對人類來說那個道具就只是缺陷品。

「那個讓地面積水的魔道具也是相當厲害，雖然我因為怕噪音太大出手破壞，結果就吃了苦頭。」

這一帶之所以會到處積水，是因為我們用了魔道具店的簡易廁所。

因為噪音實在是太大，頭盔男擔心魔物會因此聚集而來便動手破壞，結果使得這一帶全都積大水。這能算是不幸中的大幸嗎……感覺不太一樣。

「那麼該拿這些傢伙怎麼辦？」

「先剝光他們的防具和衣服綁在旁邊的樹幹上，等跟琳恩他們會合後再想要怎麼處理就行了。畢竟潛入隊伍中的傢伙還沒解決，所以不要太大意。」

「說的也是，那就立刻把他們脫光吧。」

「好喔好喔，我也來幫忙。」

因為是夢魔，就算要脫男人衣服也毫無抵抗耶。

至於頭盔男的手法可以說相當熟練呢，就只有在脫鎧甲時費了一番功夫。

我也跟著動手幫忙，在幾分鐘內脫下所有人的裝備及衣服，讓他們靠著樹幹坐下，接著用繩子一圈一圈把所有人綁起來。

「時間花費的比想像中還多，天色已經開始變暗了，我們快點出發吧。」

我們重新騎上馬，登上積水的坡道。

由於道路在中途轉變成獸徑，所以無法繼續騎馬前進，只能把馬留在這裡。

「能在這裡等我們嗎？如果我們一直沒有回來，那就先回去吧。」

我默默地看著正在和馬說話的頭盔男。

雖然我不認為馬可以完全理解人類的語言，不過較聰明的馬匹可以理解某種程度的單字以及主人的心情。

久久騎一次馬感覺也很不錯呢。

「達斯特先生，你剛才露出了非常溫柔的表情喔。」

「我明明一直都很溫柔吧。」

「……是喔。」

「如果妳有什麼話想說，就看著我的眼睛講啊。」

看到蘿莉夢魔移開視線語氣平板地回應我，於是我邁步朝她逼近。

不要在那邊吹無聲口哨想蒙混過去。

「讓各位久等了，我們走吧。」

跟馬匹講完話的頭盔男轉身過來會合，我們便立刻踏上獸徑前進。

雖然只有一個人應該不會做出什麼莽撞的行為，但沒人知道罪犯究竟在想什麼。雖然剛剛那群人似乎很有理性，也不打算對琳恩出手，不過組織內總是會潛藏著一兩個想法不同的人。

萬一他做出傷害我的夥伴或琳恩的行為……我實在沒有自信能夠控制好自己。沒事的，他們不會有事。

## 7

「哈！一群沒大腦的傢伙。哈哈哈哈！」

看著張大嘴巴熟睡的三個人，我滿足地笑了出來。

看到新加入的夥伴硬是要負責守夜，這群濫好人竟然還反過來覺得不太好意思呢。

他們在把我叫醒後，竟然就毫無戒心地睡覺去了。

而我把特製的迷藥粉末投入營火，讓周圍充滿催眠效果後，這三個人就成了這副模樣。

這可是相當強烈的迷藥，無論周圍有多吵鬧，他們今晚都絕對不會醒來。

「距離會合時間還有兩個小時左右啊。」

原本應該要再晚一點才會使用這種藥粉，不過我今天刻意提早動手。

我的雙眼緊盯著這個名叫琳恩的魔法師。

雖然不確定年齡，不過大概是十五歲前後吧。由於這張稚氣未脫的臉蛋，肯定是能滿足委託人的人才。

一般人都喜歡有著豐胸翹臀的女性，不過也有人比較喜歡平胸。

雖然很多人無法理解我們的癖好，但是我所屬的團隊是由喜歡年輕女性……而且是特別喜歡看起來會被稱作少女的女性的人們所組成。

打從第一次見面，我就發現這個女人完全符合我的口味。雖然也有那種真的只喜歡幼女的人，不過對我來說這樣才剛好。

「外表這麼年幼，平常講話的語氣卻相當強勢這點也很棒。可以對這種女人為所欲為……咕嚕，我的口水都快流出來了。」

雖然團內的規則是就算喜歡少女也不可以出手，但只要沒被發現就不成問題。我就是為了這個報酬，才接下最麻煩的任務啊。

「首先要把斗篷脫掉。接下來該從下面，還是要從上面進攻呢？鞋子跟襪子則是一定要留下來。」

我對脫衣服的方式也有所堅持。比起全裸，留下一點衣服會更讓人興奮——這正是我的主張。所以先脫掉上衣留下胸罩吧。

接下來是脫掉褲子只留下內褲。沒錯，正是如此，就是這個啊！

尚未成熟的胸部與內褲的完美組合！再加上特別留下的鞋子，這樣更能強調被虐性！

「真是太棒了！好了，那就讓我好好享受這副身體吧。」

我僅伸出食指在女體上滑動。

這對只有微微隆起的胸部，充滿彈性的水嫩肌膚……真是太棒了。好了，再讓我享受更多吧。

如果刻意去抓取很難掌握的胸部，就能用整張手掌去感受那種觸感。於是我閉上眼睛，將全身的神經集中到手上。

「咦？比我想像中還有豐滿呢。咦？她的胸部有這麼大嗎？」

那是幾乎無法一手掌握的強大彈力，難道她隱藏了一對巨乳嗎？

雖然這樣也不差，但說實話跟我所追求的東西不一樣。外表跟實際相距甚遠，這也是女性身體的奧妙之處。

我睜開雙眼確認目前的情況，然而出現在眼前的卻是——滿臉通紅的豬。
「啊啊啊啊啊啊啊啊！為什麼會出現半獸人！」
我剛剛揉捏的不是琳恩的胸部，而是半獸人的胸部？
這究竟是怎麼回事啊！
「哎呀，我並不討厭態度強硬的雄性呢。」
只見呼吸粗重的半獸人雙眼濕潤地盯著我看。
一股涼意竄過我的背部。
「這、這、這、這是……」
過度驚訝甚至讓我無法順利說話。
「你是要說婚約嗎？真是急躁呢。首、先，就從確認身體的匹配度開始吧。」（註：「這是」跟「婚約」的日文發音開頭相同）
「咿咿咿咿咿咿咿！」
我連忙拉開距離，以坐倒在地的狀態向後退。
必、必須快點逃走！所謂的半獸人是只有雌性的種族，她們只要看到男人就會出手，等徹底搾乾他後就宰掉，對男人來說是最糟糕最凶惡的種族。
我在酒吧聽了無數次被半獸人抓住的男人下場有多麼慘烈。

即使再狼狽，我都必須離開這裡才行！
但腰部使不上力的我無法起身，即使想要就這樣拉開距離，背後卻撞上了某樣東西。
「哎呀，小哥，你這是要去哪裡？」
騙、騙人，這個聲音是……
雖然我的本能嘶吼著要我別去面對，但是我卻不得不回頭。
沒錯，那可能是我的錯覺。我只是單純撞倒障礙物，那道聲音則是幻聽。
我緩緩地回過頭……發現自己撞上的不是岩石或樹木，而是有著滿身肥肉的半獸人。
而且還有三隻。
「呀啊啊啊啊啊啊啊！」
「就來好好享受一番吧，今晚可不會讓你睡喔，呼——呼——！」
「今天的我非常粗暴喔！來把這身礙事的衣服撕破吧！」
「不、不要啊，快住手！不要那麼粗暴啊！」
「我最少想生五十個寶寶，爸爸要加油喔。就當作招呼，要快點跟你的小弟親一下才行！」
「不、不用那麼客氣！」
雖然我打算轉身逃跑，卻被一開始那隻半獸人繞到背後緊緊抓住肩膀。
那幾張喘著氣流著口水的嘴巴正緩緩地、緩緩地朝我這裡……

「有、有沒有人在啊啊！快來救救我啊啊啊！」

在我俯瞰的視線前方，有個在睡夢中發出慘叫並痛苦地打滾的男人。

一旁的蘿莉夢魔則是舉起手讓男人作惡夢。

「雖然我有給了一些演出的建議，不過還是有些嚇人耶。」

這個欺騙我的夥伴，還打算對琳恩出手的男人，似乎正在夢中陷入慘不忍睹的狀況。

只見他瘋狂地搖頭，彷彿正在抗拒某些東西。

「嘿嘿嘿，這樣似乎有點有趣呢。」

面露微笑的蘿莉夢魔好可怕，這傢伙該不會覺醒了什麼奇怪的偏好吧……從今以後還是對她溫柔一點，要是她拿夢境當人質我根本毫無抵抗能力。

「真沒想到這個人竟然是犯罪集團的成員。這就是所謂的人不可貌相吧。」

琳恩雙手抱胸一臉嚴肅地表示。

我們趁這個傢伙睡覺時悄悄與夥伴會合，雖然他們剛見到我時相當驚訝，不過在我說明情況後馬上就表示理解。

正確來說他們並沒有相信我，卻願意相信蘿莉夢魔及頭盔男的說明！這還能算是夥伴嗎！

「達斯特，多虧你我們才能得救，謝了。」

「真是令我刮目相看啊，你真是在關鍵時刻特別厲害的男人呢。」
泰勒和奇斯都非常直率地讚賞我。
不過最重要的琳恩卻只是雙手抱胸緊盯著我看。
「喂喂，琳恩小姐，妳就沒有什麼話要對我說嗎？」
「啊嗚。就、就是那個啦。謝謝你救了我們！」
雖然是類似怒吼的道謝，不過我知道那只是在掩飾她的害羞。
所以我——
「嗯，可要好好感謝我喔。」
便露出笑容回應她。

## 8

由於今天時間已經太晚，我們決定明天才回城鎮。現在是所有人都已經睡著的深夜。
我因為猜拳輸了，正獨自在這個時間點守夜。原本是要跟琳恩一起把守，不過我沒有去叫醒她，而是獨自一人望著營火。

夥伴們和蘿莉夢魔都睡得相當舒服。由於頭盔男連睡覺時都帶著頭盔，所以我不清楚他睡著時的表情為何。

至於受到半獸人樂園徹底摧殘過意志的男人，則是被繩索綁起來倒在地上。

目前這裡還醒著的就只有我——以及另一個人啊。

我起身拍了拍沾在屁股上的塵土。

「借用一下。」

我撿起睡著的頭盔男放在身旁的長槍。

從斜後方的大樹旁邊走過，朝黑暗中不斷前進。

直到走到較寬闊的地方後，我瞇起了眼睛。

「你在那邊吧？因為不想吵醒他們，我才會把你引來這裡，快現身吧。」

「哦，竟然有發現我啊，原本還以為你只是個嘍囉呢。」

一名全身黑衣的男人從樹木的陰影中現身。他連嘴巴及頭頂都用黑布包起，完全與黑暗融為一體。

其實在用陷阱將那群人一網打盡時，我就隱約感覺到這傢伙的視線了。從那之後他似乎就一路跟在後面。

光是從這名男子的氣息及腳步來看，很快就能理解這傢伙非常危險，他的實力與先前那群人不在同一個水平。這傢伙應該是真正的殺手吧？

巴尼爾老大口中的不要大意肯定就是指這個傢伙。

「你都放出這麼強烈的殺氣了，怎麼可能會沒注意到。我不知道你是誰，不過應該是受雇於那些傢伙吧？他們的頭目都已經進去拘留所了，即使如此你還是要打嗎？」

「我畢竟受雇於他們，也有先收到報酬了，所以一定要完成貨品搬運的任務。」

「你明明在幹見不得光的工作，個性卻是如此認真啊。這種不知變通的生活方式只會讓自己吃虧喔……就像以前的我一樣。」

「謝謝你的忠告。寒暄就到此為止，我要來完成工作了。」

面對這名幹勁十足的對手，我將視線落在手中的長槍並且緊緊握住它。

畢竟過去可是揮舞長槍到近乎厭煩的程度，才會直到現在雙手都還記得啊……

「如果是為了保護重要的人，妳應該會原諒我吧……」

腦中突然浮現出長相和琳恩很類似，個性卻自我中心又過度奔放的那一位的面容。

我將指頭放在道別的那一天作為餞別禮所得到的劍上，重重嘆了口氣。

——請讓我用一下長槍吧。

我輕輕彎下膝蓋，壓低重心擺出架勢。

黑衣男踏著輕盈的步伐從正面衝了上來。

他的雙手各握著一把短劍，看來是二刀流。

我將槍尖朝那個一口氣拉近距離的傢伙刺去。然而他卻在千鈞一髮之際躲開，就這樣衝向我的懷中。

黑暗中畫出兩條反射著月光的銀色光芒，其軌跡正直直朝著我的脖子劃去。

我將上半身後仰躲過刀刃，接著順勢來了一記後空翻。

在落地之前直接於空中揮槍橫掃，黑衣男立刻往後方跳開。

「真是了得。我一直有在暗中觀察，看來平常那副模樣只是你的偽裝呢。」

「沒這回事，倒不如說現在這個樣子可能才是我的偽裝喔。」

在耍弄嘴皮子的同時，我也正眼緊盯著對方。

「不過經過剛剛的攻防後，我已經看穿你的實力了。下一擊就解決你！」

男子自信滿滿地如此宣言，我則是在他往我這邊跨出第一步的同時，將長槍回轉半圈用槍錐對準敵人——拿出真本事，向前放出突刺。

這一擊劃破空氣，輕鬆就擊中對手的腹部。

黑衣男驚訝地瞪大了眼睛，在低頭確認刺入腹部的長槍後，無聲無息地癱倒在地。

「抱歉啦，太久沒碰我都忘記要怎麼用，所以花了點時間啊。」

「不但一毛艾莉絲都沒賺到，還連那間店的接待都泡湯了，唉……」

結果我在這次的事件當中完全沒有撈到好處。

其實那群人雖然實行了好幾次綁票，但都只關了半天就被釋放了。這是因為他們不但沒有觸碰被綁架的女孩，還用如同公主的待遇服侍目標，所以被害者最後全都撤案。

再加上這群人的靠山好像是某個名門貴族，因此警察也不打算對外公開，既然沒有發布通緝，自然也不會有獎金。

至於受那群人雇用，似乎是殺手的男人也在不知不覺中消失……只要不會再跟他扯上關係就沒差啦。那種死板的男人在戰鬥後應該會認為自己已經盡到義務，所以不會再來找麻煩了。

夥伴們全都平安無事當然很好，卻就只有找虧大了。

「虧我還對你稍微刮目相看了，你為什麼老是這樣啊……」

看到我整個人趴在公會平時使用的桌子上，坐在對面的琳恩嘴角一陣扭曲。雖然看起來似乎很受不了我，不過感覺她並非真心這麼覺得，比較像是在苦笑。

「雖然我也很感謝達斯特，不過還得跟當時在場的另外兩個人好好道謝才行。」

泰勒在這種地方實在相當認真呢。不過如果跟夥伴們介紹那兩個人，只會讓事情變麻煩。

畢竟他們可是夢魔及貴族啊。

「那個孩子我也認識，不過戴頭盔的人究竟是誰啊，達斯特？」

和我同樣是常客的奇斯已經看出蘿莉夢魔的身分了，至於頭盔男……晚點再告訴奇斯一個人應該無妨吧。

「下次有機會再告訴你。」

「不過那個可愛的女孩好厲害喔。我從來沒聽說過有精神系的操夢魔法呢，下次不知道能不能請她教我。」

我在解釋蘿莉夢魔身分時，給了她能使用特殊魔法的設定。畢竟要是不對琳恩隱瞞她的真實身分，我肯定會吃不完兜著走。

「啊，對了！不然找她加入我們的小隊如何？能增加女孩子我也會很高興，而且感覺你們感情很好呢。」

「等等，這個就……」

如果真的做出這種事，她的真實身分將會曝光，請容我嚴正拒絕。

「為什麼啦，這樣不是很好嗎！這麼說來，達斯特這種人怎麼會認識那麼可愛的女孩啊？難道說你抓住人家的弱點……」

「才不是呢！是因為我先前幫她的職場解決了一些問題才認識。跟小混混有關的事啦。」

「你在那方面的確是很管用啦。」

她被這種理由說服讓我感覺有些不爽，不過現在先忍耐吧。

「比起這種事情，我們快去接任務吧。趁我還沒有染指真正的犯罪前……」

「這聽起來一點都不像是開玩笑，好恐怖喔。」

我怎麼可能認真想這麼做啊……其實是有一點。

目前我的總資產為負，要是再不想點辦法……

「啊，要是你沒錢的話，就先用這個吧。」

泰勒咚的一聲將裝滿東西的袋子放到桌上。

難道說這個袋子裡裝滿了錢？

「你有什麼企圖？」

「虧你平常滿口喊著要借錢，結果別人直接拿錢出來又開始警戒。這是公會發的賠償金。說是沒能看穿對方是罪犯就介紹給我們的賠禮。」

泰勒用大拇指朝公會櫃檯的方向指了指，跟我們視線交錯的露娜也深深低頭道歉。

「裡面裝了我們所有人的份，全部都給達斯特吧。你姑且算是我們的救命恩人。」

「別看我們這樣，我們其實很感激你啦。」

「總之就是這樣。」

這群夥伴真是不夠坦率。這時候說「太見外了」並拒絕收下肯定會很帥，不過我的信條就是來者不拒。

「謝啦，等我把欠債還清如果還有剩，就拿來喝個痛快吧！」

「剛剛不是說要去接委託嗎？受不了，真拿你沒辦法。我今天就陪你吧。」

「真是好主意，我可不會客氣喔！」

「對了，就當成是紀念我們重新結成隊伍，來大喝一頓吧！」

夥伴果然就該是如此。

只有能夠同甘共苦的人，才是真正的夥伴。

「好，就來個不醉不歸吧！把酒都拿上來！」

「看來你賺了不少呢，就讓吾也來參一腳吧。」

當我伸出手準備叫住附近的店員時，一隻戴著白手套的手突然從旁抓住我。

到底是哪個沒禮貌的傢伙，敢在我心情正好的時候跑來打擾啊？

我才剛抬起頭，就看到一張熟悉的臉龐。

「咦？巴尼爾老大？你又來打工嗎？」

之前老大在公會的角落開設諮詢服務時大受好評，所以應該是如此吧。

「吾的確是如此打算，但已經沒必要這麼做了。那麼，快把購買魔道具的錢交出來吧。」

「咦？老大，你在說什麼啊？你先前不是說那個魔道具要免費給我嗎？」

「吾的確這麼說過……『一個』的話可以免費。」

巴尼爾老大抓住裝滿錢的袋子說著「呼哈哈哈哈哈！汝的負面情感真是美味！」就走了。

我完全忘了這件事……這麼說來，他一開始的確說一個的話免費……

「我的酒錢……錢……」

由於太過震驚，甚至忘了請老大留一些給我。

我茫然地望著夥伴，他們則是一臉同情地將手放上我的肩膀。

「「「去接委託吧。」」」

不要給我異口同聲說話。

「啊啊！可惡啊啊啊！為什麼錢總是要離我而去！」

「大概是因為錢很討厭你吧。好啦，快點去選要接的委託吧。我們會陪你一起去啦……畢竟是夥伴啊。」

琳恩有些害羞但語氣強硬地如此說道，而在她背後的奇斯和泰勒也用力地點頭。

沒辦法了，今天也努力工作賺錢吧。

「啊！因為老大把所有的錢都搶走，今天到期的欠債我一毛都還不了！我們快點接下委託遠離這座城鎮吧！」

我急急忙忙挑了合適的委託並走出公會，就看到陽光從萬里無雲的天空灑落。

今天也努力拉開嗓門拉客的店員。

正準備出發去冒險的熟識冒險者。

還有看到我就做出警戒的警察。

「真是讓人不爽的大晴天耶，喂！」

「不要遷怒天氣啦！唉……那天晚上你明明就很帥氣啊。」

我下意識轉過頭，望向在我耳邊講悄悄話的琳恩。

琳恩那如同露出惡作劇成功的孩子般咧嘴笑著的模樣，讓我不禁看傻了。

「難道說妳那天晚上有醒來嗎？」

「哎呀，誰知道呢？」

琳恩只給了個曖昧的回應，就踏著小跳步向前跑了出去。

我與奇斯、泰勒各對望了一眼後，就聳聳肩追了上去。

看來今天也會是吵吵鬧鬧又快樂的一天呢。

# 後記

大家好，我是這次負責為這本《讓笨蛋登上舞台吧！》執筆的昼熊。

眾多買下這本書的讀者們應該都是《美好世界》的粉絲，同時也抱持著昼熊這個人是誰的疑問吧？我是承蒙Sneaker文庫青睞，以《轉生成自動販賣機的我今天也在迷宮徘徊》一作出道一年多的新人作家。

這樣的我是在今年年初，被責任編輯M氏問道：「要不要寫寫看《美好世界》的外傳？」由於我打從網路連載時期就是《美好世界》的粉絲，所以二話不說就回答：「真的可以嗎，拜託你了！」但是等我掛上電話過了一段時間冷靜下來後……才終於發現這下事情鬧大了，壓力也跟著接踵而來。

要負責撰寫超人氣作品的官方外傳——雖然對這個現實感到膽怯，但我仍選擇以一名粉絲的身分來撰寫本作。雖然這只是我個人的想法，不過要擔任官方外傳的作者，至少必須是真心喜歡原作。我認為這是最基本的條件。而我可以抬頭挺胸表示自己完全符合，畢竟我是真心喜歡《美好世界》啊！

不只是要以作家的身分完成工作，也不忘記以粉絲角度撰寫，如果真的能夠做到這點，肯定能寫出最有趣的作品吧。不是藉助《美好世界》的世界觀及角色來活躍自己的原創角色，而是想看見更多在本篇另一側的故事，以及配角們的活躍場景。這也是一介粉絲的我的想望。

能夠順利寫出這本書，我得好好感謝的人就跟山一樣多。

首先是暁なつめ老師。真的非常感謝您願意將角色都充滿魅力的《美好世界》交給我寫外傳！如果要在這裡用言語來表達我對作品的迷戀及感謝的心情，那後記可能要再增加十頁以上，所以請讓我另外找機會好好向您打聲招呼。

光是參考三嶋くろね老師的角色圖，就讓我的想像無邊無盡，也得以讓達斯特他們能開心地大鬧一番。

負責為本作繪製美麗插圖的憂姫はぐれ老師。謝謝您這麼棒的圖，達克妮絲超讚的……

還有《美好世界》動畫的相關人士們。執筆時角色們能夠活生生在我腦中動作，負責幫角色配音的各位聲優，你們的聲音也一直在我的腦中不斷重播。

以及編輯部的各位。總是與我交換意見責編M氏，還有與本書相關的各位。

最後是拿起這本書閱讀到最後的各位讀者，真的非常感謝大家！

昼熊

非常感謝各位
買下這本書！

作為《美好世界》的一介粉絲，我今後也會抱持「如果能讓同為《美好世界》讀者的各位更喜歡這部作品就太好了」的心情繼續努力。

另外，我好在意蘿莉夢魔究竟有沒有名字或暱稱喔。

憂姫はぐれ

恭喜達斯特外傳隆重上市！
看著自己以外的人所寫的達斯特令我覺得很新鮮呢。在期待昼熊老師更加活躍的同時，也重新為《讓笨蛋登上舞台吧！》的出版獻上祝福！

暁なつめ

達斯特先生的外傳！
恭喜順利上市了——!!
因為總算能看到達斯特先生那令人在意的內幕（？），所以我也看得非常開心。
另外，竟然能看到由憂姫はぐれ老師繪製的達克妮絲及眾多角色……！
真的是非常感謝&
多謝款待了！

三嶋くろね

為美好的世界獻上祝福！
暁 なつめ
illustration 三嶋くろね
絶贊熱銷中!!
「你要不要去異世界？可以帶一樣喜歡的東西過去喔。」
「那……就妳吧。」
（廢柴）家裡蹲就此跟（沒用）女神轉生異世界去了……!?
即使組成一群問題勇者，還是要拯救這個美好世界！
廢柴系ww
搞笑的異世界喜劇!!

為美好的世界獻上祝福！外傳
暁なつめ
illustration 三嶋くろね
為美好的世界獻上爆焰！
好評大熱賣!!
《為美好的世界獻上祝福！》惠惠視角的衍生外傳登場！
「——請妳教我剛才的魔法。」
在此即將揭開紅魔族首屈一指的天才魔法師惠惠
一日一爆裂的真相……！
小説家になろう
出自「成為小説家吧」網

國家圖書館出版品預行編目(CIP)資料

讓笨蛋登上舞台吧！. 1, 最美好的名配角為美好的世界獻上祝福 !EXTRA / 暁なつめ原作；昼熊作；林星宇譯. -- 初版. -- 臺北市：臺灣角川, 2018.07-
冊；　公分
譯自：この素晴らしい世界に祝福を！エクストラ あの愚か者にも脚光を！. 1, 素晴らしきかな・名脇役
ISBN 978-957-564-305-8(平裝)

861.57　　107007899

Kadokawa Fantastic Novels

為美好的世界獻上祝福！EXTRA
# 讓笨蛋登上舞台吧！ 1
最美好的名配角

（原著名：この素晴らしい世界に祝福を！エクストラ あの愚か者にも脚光を！ 素晴らしきかな、名脇役）

2018年8月16日 初版第1刷發行

作者：昼熊
插畫：憂姫はぐれ
原作：暁なつめ
角色原案：三嶋くろね
譯者：林星宇

發行人：岩崎剛人
總經理：楊淑媄
資深總監：許嘉鴻
總編輯：蔡佩芬
編輯：江宇婷
美術設計：李思穎
印務：李明修（主任）、黎宇凡、潘尚琪
發行所：台灣角川股份有限公司
地址：105台北市光復北路11巷44號5樓
電話：（02）2747-2433
傳真：（02）2747-2558
網址：http://www.kadokawa.com.tw
劃撥帳戶：台灣角川股份有限公司
劃撥帳號：19487412
法律顧問：寰瀛法律事務所
製版：尚騰印刷事業有限公司
ISBN：978-957-564-305-8
香港代理：香港角川有限公司
地址：香港新界葵涌興芳路223號新都會廣場第2座17樓 1701-02A室
電話：（852）3653-2888